[Author] 柚本悠斗
[Illust.] magako
[キャラクター原案] あさぎ屋

6

クラスのぼっちギャルをお持ち帰りして清楚系美人にしてやった話

Class no botti GAL wo omotikaeri shite seisokei-bijin ni siteyatta hanashi

［あかもり あきら］
明護 晃
［そうとめ あおい］
五月女 葵
［さざらし えいじ］
九石 瑛士
［あさみや いずみ］
浅宮 泉

「大切にするね」

隙間から差し込む日の光と、
風で鳴る竹の葉の音色が響く
幻想的な空間が広がっていた。

たぶん、いやきっと――人は
こんな時間を幸せと呼ぶんだろう。

CONTENTS

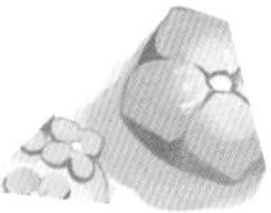

Class no botti GAL wo
omotikaeri shite
seisokei-bijin ni siteyatta
hanashi

クラスのぼっちギャルを お持ち帰りして 清楚系美人にしてやった話 6

柚本悠斗

GA文庫

カバー・口絵・本文イラスト
magako

キャラクターデザイン
あさぎ屋

Prologue プロローグ

高校二年の夏休み、葵《あおい》さんと同居を始めてから一年二ヶ月後――。

長いようで短いような月日を越え、俺《おれ》と葵さんは晴れて恋人同士になった。

ここに辿《たど》り着くまでの間、俺たちには言葉の通り色々な出来事があった。

思い出として懐かしむには少し早い気もするが、瞳《ひとみ》を閉じれば一緒に過ごした日々の記憶を昨日のことのように思い出すことができる。


きっかけは高校一年の六月上旬――。

紫陽花《あじさい》が見頃を迎えた、とある雨の日のことだった。

近所の公園で傘も差さずにいる葵さんを見かけ、家に連れ帰ったのが始まり。

すぐに葵さんが不良でもギャルでもない、家族思いの優しい女の子だと知った俺は、自分が転校するまでに葵さんの生活環境を整えようと決意して行動を開始。

葵さんの学校での悪い評判を改善するべく、泉《いずみ》に橋渡しになってもらいクラスメイトと距離を縮め、教師の印象を改善するために勉強を頑張り、学校主催の奉仕活動にも参加。

そうした努力が実を結び、一学期が終わる頃には葵さんの悪評はだいぶ改善した。

これなら俺が転校するまでに全《すべ》ての問題を解決できる——そう思っていた矢先、葵さんはこれ以上迷惑を掛けられないと、書き置きを残して姿を消した。

幸いすぐに見つけて事なきを得たが、葵さんが俺の初恋の人だったことが判明。

今にして思えば、その日から葵さんを意識し始めていたんだと思う。


そして迎えた夏休み——。

俺が転校した後に葵さんが住む場所に困らないようにと、葵さんの祖母の家を探そうと計画していた矢先、母親から葵さんを引き取るように頼まれた父親が九年ぶりに現れた。

葵さんは父親への返事を保留し、俺たちと一緒に祖母の家探しを始める。

紆余曲折《うよきょくせつ》の末、ようやく祖母の家を見つけたが祖母の姿はなかった。

いよいよ父親に頼らざるを得なくなったと思っていた時だった。

俺は葵さんの父親に話があると呼び出され、本心を打ち明けられる。

父親の葵さんへの想《おも》いを知った俺は、葵さんに父親と暮らすべきだと提案。だけど葵さんは俺との暮らしを選び、父親とも和解して九年ぶりに親子関係を修復。

その後、父親の助言もあり祖母とも無事に再会を果たした。

だが、そう全てが上手《うま》くいくはずもない。

学園祭を目前に控えたある日、今度は葵さんの前に行方《ゆくえ》不明だった母親が現れた。

葵さんの口座に振り込まれている養育費目的の母親に対し、それでも葵さんは歩み寄ろうとするが想いは届くはずもなく……最後には自らの意志で母親に別れを告げた。

こうして葵さんを取り巻く全ての問題が解決した時、もう俺の手助けは必要ないという事実を嬉《うれ》しいと思うと同時、少しだけ寂《さび》しさを覚えながら葵さんへの想いを自覚する。

学園祭が終わった後、屋上で一緒に花火を見ながら気づいた感情。


——それは、同じ女の子に抱いた二度目の恋心。


恋心を自覚した後、残された時間はあまりにも早く過ぎていく。

みんなと一緒に卒業旅行に行ったり、一緒に蕎麦《そば》を作って年を越したり、バレンタインにチョコを貰《もら》ったり……思い悩んだ末、俺のベッドの上でお互いの想いを伝え合ったり。

お互いに好きなはずなのに、その想いに確信が持てない。


——葵さんの俺への想いは、恋なのか依存なのか？

——俺の葵さんへの想いは、恋なのか庇護欲なのか？

好きという想いに嘘《うそ》はないが、そこには混ぜるべきではない感情がある。

そんな俺たちが下した結論は、今のまま付き合うことはできないということ。

この別れを、依存と庇護欲に囚われている自分たちが成長するためのものにしよう。離れ離れになるのは辛《つら》いけど、いつかお互いに成長した姿で再会を果たそう。

桜が咲き誇る季節に、そう約束して笑顔で別れた。


それから四ヶ月後、出会ってから二度目の夏休み——。

葵さんに会いに行った俺は、葵さんと期間限定で同居生活を再開。

一緒にお祭りの準備を手伝ったり、みんなで海に行ったり、二人でお祭りに行ったり。共に過ごす日々の中でお互いの成長を実感した俺は、葵さんへの告白を決意する。

夏祭りの夜に葵さんに告白し、晴れて俺たちは恋人になった。


それからの日々は、惚気《のろけ》に聞こえるかもしれないが幸せだった。

幸せという言葉の意味を、少しずつ噛《か》みしめながら過ごす日々だった。

もちろん、初めての交際が遠距離恋愛で不安がないと言えば嘘になる。

だけど、会えないからこそメッセージのやり取りを重ね、傍にいられないからこそ少しでも時間があれば通話して――そんな努力が不安よりも幸せを強く実感させてくれる。
なにより離れていても想いと心を通わせることができる人がいる。
好きだと言葉にすれば、照れながらも応《こた》えてくれる人がいる。
その事実が遠く離れた距離をものともさせなかった。

そうして日々を重ね、夏が終わり迎えた秋――。
紅葉にはまだ少し早い九月下旬、季節は修学旅行シーズン。
俺と葵さんは、通う高校は違えど一ヶ月後に修学旅行を控えていた。

第一話　そうだ、京都に行こう

とある日曜日の夜のこと。

「今日も遅くまでお疲れさま」

『ありがとう』

俺《おれ》は自分の部屋でアルバイト帰りの葵《あおい》さんとスマホで話していた。

『いつもごめんね。家に着くまで電話に付き合ってもらって』

「いやいや、そうしようって言ったのは俺だから気にしないでよ」

それは夏休み、葵さんに会いに行った時に交わした約束。

最寄り駅から葵さんの家までの道中、街灯が少なく夜道が暗いことを知った俺は、葵さんの一人歩きを心配して帰りが遅くなる日は俺と通話しながら帰ろうと提案。

そうすれば万が一のことがあった場合、離れているとしても対処ができる。

それ以来、アルバイト帰りは家に着くまで通話するのが恒例になっていた。

『私のことを心配してくれるのは嬉《うれ》しいの。でも、毎日は申し訳ないなって……』

「気にしないでよ。俺も葵さんの声が聞けて嬉しいからさ」

『晃《あきら》君……』

「悪いとか申し訳ないとか思わなくていいから、そうだな……こういう時は、ありがとうって言ってくれるといいかも。俺も掛けてくれてありがとうって思ってるし」

『うん……そうだよね。ありがとう』

こんなこと、少し前は恥ずかしくてなかなか言えなかった。

でも付き合い始めて以来、思っていることを口にできるようになったと思う。

人と人は基本的にわかりあえない——対話の大切さは理解しているし、なにより俺は葵さんの彼氏なんだから、恥ずかしいことを言うくらいがちょうどいいのかもしれない。

まぁ、恥ずかしすぎてスマホ越しに悶《もだ》えることも多々あるんだが。

「それにしても、最近アルバイトの日が多くない？」

『うん。実は今月だけ多めにシフトを入れてもらってるの』

やっぱり気のせいじゃなかった。

最近明らかに通話の頻度が増えたと思っていただけではなく、今日も朝から一日仕事。

一緒に暮らしていた頃も開店から閉店まで働くことはあまりなかったと思う。

「なにか欲しい物でもあるの？」

『実はね——』

すると葵さんの声音がパッと明るくなった。

『来月末に修学旅行があるから、お小遣《こづか》いを稼いでおきたくて』

「修学旅行?」

意図せず話題は高校生活最大のイベントへ。

確かに今は多くの高校が修学旅行を控えている、まさに修学旅行シーズン。

葵さんの高校はもちろん、俺が転校した高校も来月末に修学旅行を予定していた。

『お父さんとおばあちゃんがお金を出してくれるって言ってくれたんだけど、進学することになったら援助してもらうことになると思うから、お小遣いくらい自分で出したくて』

「葵さんは本当、しっかりしてるな」

心からそう思うと同時に自分の言葉を噛《か》みしめる。

夏休みに会った時もそうだったが、葵さんの精神的な成長を感じた。

『そんなことない。修学旅行がすごく楽しみで、きっとお土産たくさん買っちゃうし、無駄遣いもしちゃうと思うの。自分で稼いだお金なら気にせず使えると思っただけだから』

葵さんが散財宣言をするなんて珍しい。

それだけ楽しみにしている修学旅行先が気になる。

「でもそっか、葵さんも来月末に修学旅行なんだな」

『晃君の高校も?』

「ああ……」

電話越しに一瞬だけ沈黙が訪れる。

それはきっと、お互いに同じことを思ったからだろう。

転校する前なら触れない方がいい話だったが、みんなのおかげで転校を前向きに捉《とら》えられるようになった今は決してネガティブな話題じゃない。

「俺の転校がなかったら、葵さんと一緒に修学旅行に行けたのにな」

『そうだね。仕方がないことだけど、やっぱり一緒に行きたかったな』

むしろ心を通わせられるようになったからこそできる会話。

喜びだけではなく残念に思う気持ちすら共有できることが嬉しかった。

「葵さんたちの修学旅行先ってどこなの？」

『えっとね、京都・奈良に三泊四日の予定』

「本当に？」

気持ちを切り替えて尋ねると、まさかの答えが返ってきた。

「実は俺の学校も京都・奈良に三泊四日なんだ」

『晃君も同じ行き先なんだね』

行き先が同じで驚いたが、よくよく考えればありえない話じゃない。

今のご時世、私立高校は修学旅行先が海外なんて景気のいい話も聞いたりするが、俺も葵さんも通っているのは共学の公立高校だから修学旅行先の候補も大抵一緒。

事実、中学の修学旅行の時は、行った先で全国各地の修学旅行生とすれ違うことが多々あったし、宿泊先のホテルでも当然のように他校の生徒と一緒だった。

それらを考えれば旅行先が被《かぶ》ることくらいはあって当然。

あり得ない話ではなく、むしろあり得る話だろう。

「葵さんたちも京都・奈良か……泉《いずみ》が大喜びしてるんじゃない？」

『うん。自由行動の日は観光しないで、お茶屋さん巡りするって言ってた』

「花より団子なのが泉らしいな……」

すでに周知の事実だが、泉はお茶や和菓子などの和テイストの物が大好物。

もちろん食べ物だけではなく、お寺や神社や庭園などの古き良き日本文化も好きらしいが、その辺りの観光名所は団体行動で見て回るだろうから泉的には充分なんだろう。

自由行動は京都・奈良の食を徹底的に堪能する計画なのが容易に想像できる。

『私も抹茶やお団子の美味《おい》しいお店に行きたいと思って調べてるの』

「なるほどな」

だから修学旅行の話題になった時、嬉しそうに声を弾ませたのか。

泉に負けず劣らず、葵さんも花より団子なのかもしれない。

まぁ時季的にもちょうど食欲の秋だしな。

「抹茶か……俺も日和《ひより》から抹茶のお菓子をお土産に頼まれてるんだよな」

『よさそうなお店を見つけたら晃君にも教えてあげるね』

「ありがとう。そうしてもらえると助かるよ」

自分で探すよりも好きな人にお願いする方が良いお店を見つけられそう。

学園祭以来、抹茶が大好きになった葵さんのお言葉に甘えさせてもらうことにした。

「偶然にも同じ京都・奈良か」

『日程も同じだったら偶然会えたりしてね』

なんの気なしに口にした言葉に会話がとまる。

『晃君の学校はいつからいつまで？』

「十月の最終週、火曜日から金曜日まで」

『えっ……』

すると葵さんは小さく声を上げ、今度はしばしの沈黙が流れた。

通話が切れたのかと思うほど静かで、思わず画面を確認するけど繋がったまま。

「葵さん？」

『あのね……日程も同じなの』

「マジで――!?」

驚きのあまり大きな声を上げずにはいられなかった。

行き先が同じなのはあり得る話だが、日程まで同じなんて夢にも思わない。

こうなると期待せずにはいられない。

「葵さん、自由行動って二日目じゃない？」

『うん。二日目に京都で自由行動』

「やっぱり！」

同じ日程なら自由行動も一緒だと思った。

となれば、考えることは一つしかない――。

「自由行動の日、どこかで待ち合わせをして二人で回れないかな？」

『私と晃君の二人で……？』

予想もしていなかったんだろう。

葵さんは少し困惑した様子で呟《つぶや》いた。

「先生たちにバレないようにしないといけないから、同じ班のクラスメイトに協力してもらわないといけないと思うけど、上手《うま》くすれば京都で修学旅行デートができるかなと思って」

話をしながらテンションが上がっていくのを抑えられない。

それでも抑えていたのは、決して葵さんに無理強いをしないため。

葵さんはクラス委員をしているから、もしバレたら大変なことになる。

だから無理には誘わず、あくまで葵さんが提案に乗ってくれるならの話。

だが、俺の杞憂《きゆう》は葵さんの一言で霧散した。

『うん。私も晃君と一緒に見て回りたい！』

電話の向こうで葵さんのテンションが爆上がり。

顔は見えないが満面の笑みを浮かべている姿が想像できた。

『さっき晃君が『同じ高校なら一緒に修学旅行に行けたね』って言ってくれたでしょ？』

「ああ」

『学校で修学旅行の話をする度に、私も同じことを考えてたの。晃君も同じ気持ちでいてくれたんだって知ったら嬉しくて……修学旅行先で会えるなら一緒に見て回りたい』

電話越しに葵さんの気持ちが伝わってくる。

改めて彼女がいる幸せを嚙みしめずにはいられない。

「さっそく明日、同じ班のクラスメイトに相談してみるよ」

『私も相談してみる。でも、たぶん私の方は大丈夫だと思うな』

「そうなの？」

『うん。えっと……』

すると葵さんはなぜか言葉を濁す。

濁すというか、なにやらモジモジしている感じ。

『ほら……みんな、私と晃君が一年生の頃に仲が良かったのを知ってるでしょ？』

「ああ、そうだよな」

『だから晃君が転校した後も、みんなから色々聞かれてて。この前ね、お付き合いすることになったのって話したら……クラスの女の子全員が、カラオケでお祝いしてくれて……』

「お、おお……」

モジモジしていたのは照れていただけだった。

そんな感じで話されると俺の方までくすぐったい。

『なにかあれば協力するって言ってくれてるから、たぶん大丈夫』

「そ、それは頼もしいような、恥ずかしいような……」

『うん。ちょっと照れるよね……』

葵さんと恋人らしい話をするのは慣れたが、人にからかわれるのは慣れていない。

まぁ……葵さんに恋バナができるくらい仲の良い友達がたくさんいることの証明だと思えば少しくらいの恥ずかしさは我慢しよう。

「じゃあ、みんなに相談してから話の続きをしよう」

『うん。そうだね』

その後、葵さんが家に着くまで通話を楽しむ俺たち。

まさかの修学旅行先が一緒で、京都で会えるかもしれない。

そう思うと、まだ決まってもいないのに楽しみで仕方がなかった。

＊

翌日のお昼休み――。

「あのさ、ちょっと頼みがあるんだけどいいか？」

俺は転校先の高校の屋上で昼食を食べていた。

「晃から相談とか珍しいな。いいぜ、任せろ」

焼きそばパンを片手にそう答えたのは、クラスメイトの田部井悠希《たべいゆうき》。

この高校に転校して新学期を迎えた当初、右も左もわからない俺に最初に声を掛けてくれた奴《やつ》で、それ以来なにかと面倒見のいい悠希の世話になりながら仲良くなって今に至る。

無駄に明るく調子のいいところもあるが、兄貴肌の世話焼きタイプ。

俺が新しい環境に早く馴染めたのは悠希のおかげだと思っている。

「気持ちのいい返事でありがたいが、話くらいは聞いてからにしてくれ」

「それもそうか。とりあえず言ってみろよ」

「実は俺、彼女がいるんだけどさ」

「彼女だとぉ――!?」

悠希は地雷でも踏んだように驚きを炸裂《さくれつ》させる。

あまりの大声に思わずしかめっ面になる俺。

「おまえ、彼女いたのか⁉」

「ああ。少し前からな」

「いつの間に⁉」

悲しみと羨《うらや》ましさを足して二で割ったような表情を浮かべる悠希。

まるで『一人で抜け駆けしやがって！』とでも言いたそう。

言いたそうというか、顔芸よろしく全力で言っていた。

「いったいどこの誰《だれ》と付き合い始めたんだよ」

「前の学校のクラスメイト。夏休みに会いに行った時に付き合うことになってさ。ていうか、前の学校に仲良くしてる女の子がいることも、夏休みに会いに行くことも話したよな？」

「それは聞いてたが付き合い始めたのは聞いてないぞ！」

「あぁ……そうだっけ。悪いな」

言ったつもりでいたけど確かに言い忘れていたかも。

それは申し訳ないと思うが、頼むからもう少し落ち着いてくれ。

悠希は動揺しすぎて焼きそばパンを持つ手がぶるぶる震えまくり。先ほどから間に挟まっている焼きそばがあちこちに飛び散りまくって屋上の床に落ちている。

そんな俺たちの傍で雀が食べたそうに様子を窺《うかが》っていた。

むしろ片付けが面倒だから全部食べて欲しいくらい。

「ちくしょう。羨ましいなぁ……続きを聞かせてみろよ」

驚きから一転、今度は悲しそうに肩を落としながら呟いた。

感情の起伏が激しすぎて温度差で風邪を引きそう。

いやいや、羨ましいって言うけどさ。

「その気になれば悠希だって彼女はできるだろ」

「あいつは昔ながらの腐れ縁。幼馴染みで、そんなんじゃない……」

悠希はそう言いつつ、少し照れくさそうに視線と一緒に話を逸《そ》らす。

「その言い訳を聞くのは何度目だろうなぁ」

「うぐ……」

「そう言うのを心にもない言葉っていうんだぞ」

「うぐぐ……」

反論できない自覚はあるらしい。

「い、今は俺の話じゃなくて晃の話だろ！」

むきになって誤魔化《ごまか》そうとするが、確かに悠希の言う通り。

この辺はもう少し――いや、大いに突っ込んでおきたいところだが、その話を膨らませると本題が先に進まないからとりあえず横に置いておく。

「それで、相談ってのは彼女のことか？」

「ああ。そうなんだ」

俺は軽く頷《うなず》いてから続ける。

「実は偶然、彼女と修学旅行先と日程と、さらに言うと自由行動の日まで同じでさ。無茶は承知なんだが自由行動の日、先生の目を盗んで京都で彼女と会えないかと思ってさ」

「なるほどな。つまり、バレないように同じ班の俺に協力してくれってことか」

「ああ。察しがよくて助かるよ」

この辺りの察しのよさは親友の瑛士《えいじ》を彷彿《ほうふつ》とさせる。

見た目も性格も真逆と言っていいほど違う二人だが、こういうところはよく似ていると思うことが多々あり、それも悠希と早々に仲良くなれた理由の一つだと思っている。

ただ悠希の場合、他人のことは察しがいいのに自分のことは察しが悪い。

いや、違うか。自分のことも察しているが素直になれないだけ。

気持ちは理解できるんだけどさ。

「わかった。俺に任せておけ」

即断即決、悠希は多くを聞かずに首を縦に振る。

この判断の早さだけは瑛士以上だろうな。

「ただし、一つだけ条件がある」

「条件?」

どんな条件を出されるのかと思ったら。

「彼女の写真を見せてくれ」

断ることは許さないと言わんばかりの圧で迫ってきた。

「いや、それは……」

「なんだよ。見せたくないのか？」

思わず言葉を濁したが、見せたくないわけでも恥ずかしいわけでもない。

葵さんは彼氏補正を抜きにしても美少女だから、むしろ自慢の一つもしてやりたいと思うくらいだが、見せたら悠希が余計にダメージを受けるんじゃないかと心配したから。

まぁ本人が見たいと言うなら見せるけどさ。

「ほらよ」

スマホにお気に入りの一枚を表示して差し出す。

ちなみに夏休みに撮ったうなじが素敵な浴衣《ゆかた》姿の写真。

「――ぐはっ⁉」

画面を覗《のぞ》き込んだ瞬間、悠希は撃たれたようなリアクションで倒れ込んだ。

しばらく待っても起き上がらず、まるで永遠の眠りについたかのようにピクリとも動かない悠希と、悠希の手にしている焼きそばパンをチュンチュンついばみ始める雀たち。

少しだけジブリ映画的な光景だと思いながら眺めること数分後。

「いくらなんでも可愛《かわい》すぎるだろ！」

「褒《ほ》めてくれてありがとう」

ようやく精神的ダメージから回復した悠希は起き上がるなり叫んだ。

驚いて飛び去っていく雀たちに『落とした焼きそばを綺麗《きれい》に食べてくれてありがとう』と心の中でお礼を言いながら見送る。

「まぁ晃はいい奴だし、可愛い彼女ができても不思議じゃねぇけどさ」

さらっと俺まで褒めてくれる悠希。

その三分の一でも女子に向ければ絶対にモテるのに。

お世辞ではなく、悠希は少し口調が雑なところはあるが、竹を割ったような性格と面倒見の良さ。物事をはっきり口にするところは、ある意味とても男らしくて魅力的。

事実、そんな悠希の良さに惹《ひ》かれている女子がいることを知っている。

「悠希だっていい奴だし、いつでも彼女ができるはずなんだけどな」

「……おいおい、今日はずいぶんいじってくれるじゃねぇか」

これ以上いじると機嫌を損ねそうだからやめておこう。

それはさておき——。

「今日の六限のホームルームは修学旅行の打ち合わせだったよな？」

「ああ。みんなに相談する前に、まずは悠希に話しておきたくてさ」

「俺がフォローするから、晃の口から班のみんなに説明しろ。当日、一人だけ抜け出して彼女と会おうってなら、俺だけじゃなくてみんなで口裏を合わせる必要があるからな」

「ありがとう。でもいいのか？」

「なにがだ？」

聞くまでもないと思ったが念のために確認しておく。

「バレたら怒られるのは俺だけじゃすまないと思うけど」

「その時は俺と晃が首謀者ってことで、みんなは巻き込まずに二人で潔く怒られようぜ。悪さをして教師に怒鳴られるのも青春。別に退学になったりはしねぇだろ」

悠希は悪戯《いたずら》っぽい笑顔を浮かべて冗談交じりに口にする。

本当、瑛士とは違う意味でいい男なんだけどな。

なんて思っていると——。

「遅くなってごめんね！」

慌てた様子の声が聞こえて振り返ると、そこには一人の女子生徒の姿。

肩まで伸びた髪を小さく左右に揺らしながら笑みを浮かべて駆け寄ってくる。

「先生に呼ばれた件は大丈夫だったのか？」

「うん。午後の授業のお手伝いを頼まれただけ」

「そうか。力仕事がある時は手伝うから言えよ」

「ありがとう。その時はお願いするね」

彼女は夏宮梨華《なつみやりか》といい、俺たちのクラスメイトにしてクラス委員長。

そして悠希とは家が隣同士で、生まれてこの方ずっと一緒にいる幼馴染み。

高校二年生にしては少し幼く見える顔立ちで、小動物を思わせる愛くるしい笑顔が魅力的な女の子。クラスのみんなからマスコットキャラクター的な存在として愛されている。

悠希とは家族ぐるみの付き合いで物心つく前から一緒にいるらしい。

お察しの通り、さっきの話はそういうこと。

「お腹《なか》すいちゃった～」

夏宮さんは悠希の傍に腰を下ろすと持参したお弁当箱を開ける。

自分で作っているというお弁当のおかずは今日もとても美味しそう。

「悠希ちゃんは今日も購買の焼きそばパン？」

「……悪いか？」

「焼きそばパンは美味しいから私も好きだけど、毎日同じものばかりじゃ栄養が偏っちゃうでしょ。仕方がないから私のおかず、少しだけ分けてあげる。はい、あーんして」

夏宮さんはウインナーを悠希の口元に差し出す。

「俺は大丈夫。ていうか、悠希ちゃん呼びはやめろって言ってるだろ」

「昔からそう呼んでるんだから、今さら変えるなんて無理だよ」

「むぐぅ――！」

夏宮さんは悠希の口にウインナーを押し込みながら答える。

「美味《おい》しいでしょ？」

「ああ……美味しいよ」

「はい。温かいお茶もどうぞ」

「ん……ありがとう」

二人の関係については説明したが、百聞は一見に如《し》かずで見ての通り。

こうして教室ではなく屋上で昼食を食べているのは、誰もが世話焼きだと認める悠希が、夏宮さんには逆に世話を焼かれているところを見られるのが恥ずかしいから。

そんな二人の毎度おなじみのやり取りを眺めながら思うこと。


――この二人、これで付き合ってないんだから意味がわからん。


誰がどう見ても恋人同士にしか見えないし、縁側でお茶を飲む老夫婦感が溢《あふ》れている。

ちなみに夏宮さんが悠希を『ちゃん』呼びしている理由は、昔からそう呼んでいるからというだけではなく、名前が女の子みたいで可愛いからというのもあるらしい。

さっさと付き合えと思っているのは俺だけではなくクラスの総意。

とはいえ幼馴染みという関係は、そう簡単じゃないらしい。

「私が来るまで二人でなにを話してたの？」

「聞いてくれよ。晃に彼女ができたらしいんだ」

「彼女？」

すると夏宮さんは不思議そうに首を傾《かし》げる。

だが、その疑問は俺に彼女ができたからではない。

「悠希ちゃん知らなかったの？」

「え……？」

「私は少し前に聞いてたよ」

「おい――!?」

悠希は『なんで梨華にだけ!?』と言いたそうな瞳《ひとみ》で俺を睨《にら》む。

つまり夏宮さんが首を傾げたのは、悠希だけ知らなかったことについて。

「俺から夏宮さんに話したわけじゃないんだ」

「じゃあ、なんで梨華は知ってるんだよ」

「夏休み明け、晃君が妙に幸せそうにしてたから聞いたら教えてくれたの」

「そういうことだ……」

浮かれていたつもりはなかったが女子はこの手の事に目ざとい。

ただ……あれを『聞いたら教えてくれた』と言うなら異議を申し立てたい。

あの状況を一言で説明するなら、教室の片隅で終始笑顔で繰り広げられる取り調べ。

夏宮さんは女子高生らしく恋バナが大好きで、とぼけて逃げようとしたけど首根っこを押さえられ、根掘り葉掘り質問という名の取り調べが続くこと数時間――。

教室には満足そうな笑みを浮かべる夏宮さんとは対照的に、疲れ果てた俺の姿があった。

「まぁなんだ、ご愁傷様……」

「察してもらえたことだけが救いだよ……」

そんな状況が容易に想像できたんだろう。

悠希は俺を気遣って労《ねぎら》いの言葉を掛けてくれた。

「それで、晃君の彼女さんがどうかしたの？」

「えっと……」

思わず前回の取り調べがフラッシュバックして言葉を濁す。

「梨華も一緒の班なんだから話しておけよ」

「それもそうだな」

俺は夏宮さんにも同じことを話す。

「もちろん、そういうことなら協力するよ！」

すると夏宮さんは笑顔でそう言ってくれた。

「話も一段落したし、俺は先に戻るわ」

「悠希ちゃん、もう行っちゃうの？」

「ああ……ゆっくり食べろよ」

悠希はそう言い残し、そそくさと屋上を後にする。

その後ろ姿を夏宮さんは少し寂《さび》しそうに見送っていた。

「やっぱり私が一緒だと嫌なのかなぁ……」

夏宮さんはお弁当に視線を落としてポツリと呟く。

丸めた背中からわかりやすく哀愁が漂っていた。

「そういうわけじゃないさ。嫌なら毎日一緒にお昼を食べたりしない。今日に関しては……ごめん、俺が悠希を少しからかったせいで照れてるんだと思う」

「そうなの？」

「ああ。だから心配しなくて大丈夫」

「それならよかった……」

夏宮さんは安心した様子で笑みを浮かべる。

この様子から察してもらえると思うけど、夏宮さんは悠希に好意を寄せている。

葵さんのことを根掘り葉掘り聞かれたのは、なにも興味があっただけではない。俺の経験が参考になるかもしれないと思ったからと、俺に二人の仲を応援して欲しかったから。

あれ以来、こうして密かに夏宮さんの恋愛相談に乗っていた。

「悠希も夏宮さんのことが好きなんだから素直になればいいのにな」

「晃君はそう言ってくれるけど、本当にそうなのかな？」

「間違いないって。意識してなかったら逃げないさ」

そう考えると、今の状況はさほど悪いわけじゃない。

幼馴染みとして長年かけて構築した関係――つまり、異性として全く意識されていなかった過去に比べれば、そっけないのは辛《つら》いかもしれないけど前に進んでいる証拠ではある。

なにより最悪なのは女性として意識されないことだろう。

「きっかけ次第だと思うんだよな」

「きっかけかぁ……」

夏宮さんは小さく溜《た》め息《いき》を吐《つ》いて空を見上げる。

「ずっと一緒にいると、きっかけがないんだよね」

「まぁ……そうだろうな」

一度完成された関係を変えることは難しい。

いつまでも変わらない関係というのは状況によっては理想的だし、安定という意味では良いことでもある半面、なかなかどうして、変えようと思うと一筋縄ではいかない。

なぜなら、人は基本的に変化を嫌い安定を望む生き物だから。

「きっかけさえあれば夏宮さんから告白するのはありなの？」

「うん。待ってるだけじゃ前には進めないと思うから」

はっきりと言葉にする瞳には明確な意思が宿る。

恋する乙女の強さと儚《はかな》さを兼ね備えていた。

「修学旅行がきっかけになるといいな」

「そうだな。一緒に頑張ろうぜ」

「うん。ありがとう」

夏宮さんは笑顔を浮かべ直してお弁当を食べ始める。

少し前の俺も瑛士や泉から見たら似たようなものだったんだろう。

そう思うと、俺も二人のためにできる限りのことをしてあげたいと思った。


その後、昼休みが終わって六限のホームルーム。

悠希と夏宮さんに相談したように同じ班のクラスメイトにも事情を伝えると、誰一人反対することなく協力すると言ってくれた……まではよかったんだが、一つ問題が発生。

協力する代わりに彼女の写真を見せてくれと言われた。

悠希に見せろと言われた時と同じく嫌なわけじゃないんだが……まぁいいやと思って写真を見せると、案の定、同じ班の男子が絶望的な表情を浮かべながら崩れ落ちた。

やっぱり彼氏補正抜きにしても、葵さんは美少女なんだなと改めて実感。

それはさておき、俺の方は問題なく二日目の自由行動を抜け出せそう。

今から葵さんの返事が楽しみだった。

＊

その日の夜、俺は葵さんにメッセージを送った。

メッセージで結果を伝えるのは味気ないと思い『今日は話せる？』とだけ送信。

すると葵さんから『お家のことをやらないといけないけど二十一時を過ぎたら大丈夫だと思う！』と猫のキャラクターのスタンプ付きで即返信があった。

家のことは基本的に祖母がしてくれているそうなんだけど、葵さんは祖母に無理をして欲しくないと思っていてアルバイトがない日は率先して家事をしているらしい。

優しい葵さんらしいよな。

俺は『了解。落ち着いたら連絡して』と返信し、待っている間にお風呂《ふろ》を済ませる。

三十分後、お風呂から上がりスマホを確認すると画面には一件の着信通知。

スマホを手に取りロック画面を解除すると葵さんからのメッセージで、十分前に『少し早いけど手が空いたから、いつでも大丈夫！』とメッセージが送られてきていた。

俺は髪も乾かさず部屋に戻り葵さんに折り返し電話を掛ける。

『もしもし、晃君？』

スマホを手にして待っていてくれたんだろう。

葵さんはワンコールもせずに出てくれた。

「遅くなってごめん。先にお風呂を済ませちゃおうと思ってさ」

『気にしないで。待たせちゃったのは私の方だから』

挨拶《あいさつ》も早々に、俺はさっそく本題に入る。

「修学旅行の件、俺の方は大丈夫そうだよ」

『本当⁉』

葵さんにしてはテンションの高いリアクション。

それだけで答えを聞くまでもなかった。

「同じ班のクラスメイトが協力してくれることになったんだ。それどころか、別の班の人たちも協力してくれるって。だから葵さんが大丈夫なら京都で会えると思う」

『私の方も大丈夫。みんな協力してくれるって』

「マジで⁉」

想像はついていたのに俺までオーバーリアクション。

『先生たちにバレないように上手くやるから楽しんできなって言ってくれたの。それとね、みんなから晃君によろしく伝えてって頼まれたんだ。偶然でも会えたら嬉しいねって』

「そっか。みんな、そんなことを……」

思わず込み上げるもので目の奥が熱くなりかける。

転校して半年経《た》つのに、そう思ってくれていることが嬉しかった。

『じゃあ、二日目に京都で会えるんだね』

「ああ。一ヶ月後が楽しみだな」

『うん』

「そうと決まればさっそくどこに行くか相談しよう」

『そうだね』


その後、俺たちは修学旅行の話で盛り上がった。

通話をしながらスマホで観光名所を調べ、あそこに行きたいとか、こっちも行ってみたいとか、遠足を待ちきれない子供のようなテンションで行き先を相談する俺たち。

葵さんに会うのは夏休み以来、実に二ヶ月ぶりのこと。

まだ一ヶ月も先なのに今から楽しみで仕方がない。

ただ……嬉しい半面、残念に思うことが一つ。

――できれば自由行動が、もう一日後だったらよかったのに。

そう願うのは、さすがに贅沢《ぜいたく》だとわかっている。

会えるだけでも幸せなのに、そう願わずにはいられなかった。

第二話 修学旅行 一日目

そして迎えた十月最終週の火曜日――。

待ちに待った京都・奈良への修学旅行初日の朝。

今日から金曜日までの三泊四日、前半が京都で後半が奈良の日程。

東京駅の団体集合場所に着くと、すでに悠希《ゆうき》と夏宮《なつみや》さんの姿があった。

「二人とも早いな」

「万が一にも遅刻しないように早起きしたからな」

得意げに言う悠希の隣で夏宮さんが首を横に振る。

「悠希ちゃん、楽しみすぎて眠れなかっただけでしょ?」

「なんで眠れなかったのを梨華《りか》が知ってるんだよ!」

「小学校の頃から遠足前はいつもそうだもん」

「うぐっ……」

さすがは幼馴染み、聞くまでもなくお見通し。

俺《おれ》も昨夜は楽しみすぎて寝つけず寝不足気味だけど。

「途中で眠くなったとか言わないでくれよ」

「大丈夫。楽しすぎて眠くなる暇なんてないだろ」

確かに、興奮しているのか俺も全く眠くない。

そんな話をしているうちに、次々に同級生たちが集まってくる。

教師たちが全員揃《そろ》ったのを確認してからホームに向かい新幹線に乗り込む。

葵《あおい》さんたちも東京駅を利用すると聞いていたから、もしかしたら会えるかもしれないと期待したが、俺たちよりも少し早い新幹線で出発済みらしい。

少し残念だが数時間後には会えるから焦《あせ》る必要はない。

なんて言うと『おいおい、会うのは二日目の自由行動の時だろ?』と言われてしまいそうだが、実はこの後、京都で葵さんと瑛士《えいじ》と泉《いずみ》の三人に会うことになっていた。

というのも、葵さんと京都で会う約束をした後、お互いのスケジュールを交換したら初日の清水寺の観光時間が重なっていることに気が付いた。

それなら清水寺でも会おうという話になったんだが、葵さんとは二日目に一日一緒にいられるし、せっかくなら瑛士と泉にも会えないかと思って二人に相談。

四人でやり取りしているグループメッセージに連絡すると、泉から秒で『もちろんオッケー♪』と連絡があり、瑛士も『ぜひそうしよう』と言ってくれて会うことになった。

「みんな元気にしてるかな――」

窓側の席に座り、流れる景色を眺めながら思わず呟く。

楽しみすぎて柄にもなく胸がドキドキしていた。

＊

新幹線に乗ること約二時間――。

みんなのテンションが下がる間もなく京都駅に到着。

バスに乗り換えて清水寺近くの駐車場に着いたのは十一時だった。

「やっぱり京都といえば清水寺だよな」

「他にも京都らしいところはたくさんあるけど定番だよね」

バスを降りながら口にする悠希の言葉に夏宮さんが同意する。

「じゃあ行ってくるよ」

ここでの自由時間は各自昼食込みで二時間、十三時まで。

みんなには悪いが、あとのことは頼んで俺だけ別行動。

「こっちのことは気にせず楽しんでこいよ」

「いってらっしゃい」

「ありがとう」

クラスメイトたちが班ごとにわかれて清水寺に向かう中。

俺は同じ班のみんなに別れを告げて一人抜け出す。

「さて、待ち合わせの場所はどこかな」

駐車場を後にし、清水寺へ続く緩やかな坂道を上っていく。

まだ紅葉の時期には早いにも拘《かか》わらず、大勢の観光客でごった返していた。

俺たちと同じような修学旅行で来ていると思われる学生たちの他にも、小さな子供をつれた家族やカップル、海外からのツアーと思われる外国人の団体客も見かける。

ていうか、よく見ると外国人観光客の方が多いまであるかもしれない。

さすが京都を代表する観光名所、全国どころか世界中から人が集まる。

「えっと、この辺りだと思うんだが……」

坂道の両側に軒を連ねるお土産屋や食べ物屋を確認しながら歩いていると、すぐに待ち合わせ場所の茶房《さぼう》を見つけた。

「ここか」

一見お洒落なカフェに見えて、入り口にはのれんが下がっている和のイメージ。

のれんに書かれている店名の下に『Ｊａｐａｎｅｓｅ・Ｃａｆｅ』と英語で書いてあるのは外国人観光客を配慮してのことだろう。

その証拠に入り口にあるメニューボードも英語で書かれていた。

表記はともかく、ここが待ち合わせ場所で間違いない。

趣のある木製の引き戸を開けて中へ入り店内を見渡す。

「晃《あきら》君、こっちこっち！」

すると聞きなれた声が俺の名前を呼ぶ。

声の方へ振り向くと、いつものテンションで俺を呼ぶ泉の姿。

四人掛けの席に座る泉の隣には瑛士の姿と、向かいに座る葵さんの姿もあった。

「悪い。だいぶ待たせたか？」

そう尋ねながら葵さんの隣に腰を下ろす。

「いや。僕らも着いて注文を済ませたばかりだよ」

「それならよかったよ」

俺は瑛士から差し出されたメニュー表を受け取って開く。

さすが京都、抹茶を扱ったメニューがたくさん載っている。

「葵さんはなにを頼んだの？」

「私は抹茶ラテと抹茶のティラミスをお願いしたの」

「じゃあ、俺も同じやつにしようかな」

二ヶ月ぶりの再会なのに、そんな時間を微塵《みじん》も感じさせない空気感。

夏休みに再会した時も感じたが、久しぶりの再会を喜ぶわけでもなく、元気にしていたかと聞くこともなく、まるで昨日も一緒に過ごしていたかのような何気ないやり取り。

なに一つ変わらない関係が続いていることが嬉《うれ》しかった。

「みんな変わらないみたいで安心したよ」

俺は店員さんに同じものを注文し、改めてみんなに向き直る。

すると葵さんと泉が俺の様子をちらちらと窺《うかが》っていた。

「二人とも、どうかしたか？」

「わたしたちは変わらないけど晃君は変わったね」

「俺だけ？　どこが変わったんだ？」

わからず尋ねると泉は俺の胸元《むなもと》を指差す。

「晃君が違う制服を着てるの、なんか新鮮だね」

「うん。すごく似合ってると思う」

なんのことかと思ったら制服のことか。

「そうか？　ありがとう」

まぁ違うといっても俺が着ている制服は葵さんたちと同じブレザータイプ。

どこの学校の制服もブレザータイプなら似たようなものだし、二人が言うほど違いはないと思ったんだが……妙に物珍しそうにしているから野暮《やぼ》なことは言わないでおいた。

見た目の違いも変化だろうし、二人にとって新鮮なのは事実だろうし。

「ねぇ、晃君」

「ん？　どうかした？」

すると葵さんは両手でスマホを握り締めながら瞳《ひとみ》を輝かせる。

やや前のめりでうずうずしているのは、たぶんなにかの意思表示。

「せっかくだから一緒に写真撮ってもいい？」

「ああ、もちろん構わないよ」

「本当？　ありがとう！」

葵さんは表情をぱっと輝かせる。

「撮ってあげるからスマホ貸して」

「うん！」

「はーい。撮るよー♪」

泉は葵さんからスマホを受け取ると俺たちにレンズを向ける。

泉の合図で笑顔を浮かべるが、なぜか泉はシャッターを切らない。

「どうかしたか？」

「微妙に遠いね。もっと寄って」

「もっと？　わ、わかった……」

泉に言われるままに肩を寄せ合う。

「もっともっと。肩をくっつけるくらい」

注文の多い撮影者の指示通り、椅子《いす》ごと近寄り肩を寄せる。

「これで大丈夫か？」

「いいね。ついでに葵さんの肩に腕を回してみようか」

「……おい、それは泉が楽しんでるだけだろ」

したいのはやまやまだが店内で人目があるから自重する。

「まぁいいや。じゃあ改めて、撮るよー♪」

シャッター音が何度か響いた後、葵さんは泉からスマホを返してもらう。

一緒にスマホの画面を覗《のぞ》いて撮ったばかりの写真を確認すると、そこには少し照れくさそうな笑みを浮かべながら肩を寄せ合う俺と葵さんの姿が写っていた。

二人で写真を撮るのは夏休みのリフレクションビーチ以来。

「よく撮れてるね」

「ああ。変な顔をしてなくて安心したよ」

安心しながら冗談交じりに答えると葵さんはくすりと笑う。

自分で言うのもなんだけど、すごくいい写真だと思った。

「俺にも送ってもらっていい？」

「うん。今すぐ送るね」

「ありがとう」

さっそく送られてきた写真を保存して改めて眺めてみる。

本当にいい写真だから、あとでこっそりスマホの待ち受けにしておこう。

なんて思っていると。

「ねぇねぇ晃君」

「ん？　どうかした？」

葵さんは俺の制服の裾《すそ》を引っ張りながら上目遣《うわめづか》い。

「スマホの待ち受けにするって言ったら嫌……？」

「え――？」

まさか葵さんが同じことを考えているなんて夢にも思わない。

そういうことなら俺もこっそりする必要はないよな。

「ダメかな……？」

「実は俺も待ち受けにしようかなって思ってたんだ」

「本当？　じゃあ、お揃いで待ち受けにしよ」

「ああ。そうしよう」

照れくささを感じつつ、その場で待ち受け画面に設定する俺たち。

「ふふっ。お揃いだね」

「お揃いだな」

同じ画面のスマホを並べると、葵さんは満足そうな笑みを浮かべた。

葵さんは付き合い始めて以来、本当に気持ちを伝えてくれるようになった。

写真一枚でこんなに喜んでくれるなら彼氏冥利《みょうり》に尽きるけど、さすがに人前でこれは、なんていうか……なんて思っていると、泉がなにか言いたそうにニヤニヤしていた。

「なんだよ……」

なにが言いたいかなんてわかっているが聞いてみる。

「だいぶバカップルが板についてきたな～と思って♪」

「ぐぬぅ……」

今まさに思っていたことを言われて泉の言葉が突き刺さる。

かつて俺は人目を憚《はばか》らない恋人同士や、みんなの前で愛を語り合う瑛士と泉を散々バカップルと思ってきたし、実際口にしてきたが、もう人のことをバカップルとは言えない。

今までバカップルだと思った全《すべ》ての恋人たちにお詫びしたい。

そりゃ恋人ができたらバカにもなるよな。

「悪かったよ……今までバカップルとか言って」

「気にしないで。私たちにとっては誉め言葉だし、今のも誉め言葉だから」

「恋人同士は他人から見てバカに見えるくらいがちょうどいいのさ」

「そうそう。幸せのバロメーターみたいなものだからね♪」

彼女ができた今、二人の言葉に納得せざるを得ない。

さすが先輩バカップルは心が広いし理解がある。

「とはいえ、さすがに二人みたいに公衆の面前で愛は語れないけどな」

なんて冗談を言い合いながら話に花を咲かせつつ。

「さて、お話も楽しいけどお茶もいただこう♪」

そうこうしているうちに店員さんがお茶とデザートを運んできてくれる。

こうして俺たちはお茶を片手に再会を喜び合ったのだった。


その後、俺たちは早々に茶房を後にして清水寺へ向かった。

自由時間は二時間しかないため、あまりのんびりしていると昼食を取る時間がなくなってしまう。これだけ観光客が多ければ飲食店も混んでいるだろうから早めに見て回りたい。

俺たちは気持ち急ぎながら清水寺へ続く石畳が敷かれた坂道を上っていく。

最初に目に飛び込んできたのは、鮮やかな朱色の堂々たる建造物。

両側に迫力のある一対の金剛力士像が並び立つ仁王門だった。

「実物だと迫力があるね」

「ああ。教科書で見た写真より大きく感じるな」

思わず葵さんと二人で感嘆の声を漏《も》らす。

階段の下から見上げていることもあってより大きく見えるんだろう。

迫力に唸《うな》る俺たちをよそに、泉は像の前で同じポーズを取って写真撮影。

いつもよりテンションの高い泉を先頭に西門、三重塔、鐘楼《しょうろう》、経堂、田村堂、朝倉堂と、歴史的な建造物の放つ存在感に圧倒されながら歩みを進めて本堂へ向かう。

ほどなくして清水の舞台で有名な本堂に到着した俺たち。

「「「おおぉ……」」」

崖にせり出した舞台から望む景色に誰《だれ》もが息を呑《の》んだ。

「すごい景色だね……」

「まさに絶景って感じだな……」

目の前には見渡す限りの緑が広がり、右手の奥には遠目に京都の街並みが見える。

紅葉の時期には少し早く森は少し色づき始めた程度だが、あと二、三週間もすれば見頃を迎え千本を超えるもみじが燃え上がるように景色を紅く染め上げるらしい。

その頃になると夜間は約五百基の照明で辺りがライトアップされ、日中とはまた違った紅葉の美しさを楽しむことができるとウェブの観光案内ページに書いてあった。

四季折々の景色を含めて清水の舞台と呼ぶのが相応《ふさわ》しい。

「今も綺麗《きれい》だけど、紅葉が見頃の時に来たらもっと綺麗なんだろうな」

「そうだね。いつかまた、今度は二人だけで来てみたいね」

「いつか来ような」

こうして未来の話ができるのも恋人同士だからこそ。

また一つ将来の約束が増えたと喜んだ時だった。

「悠希ちゃん、あんまり前に乗り出すと危ないよ」

「こんなところでまで悠希ちゃん呼びはやめてくれ！」

聞きなれた声の聞きなれたやり取りが聞こえてくる。

「別に悠希ちゃんが悠希ちゃんなのに場所は関係ないでしょ？」

「まぁ確かに……いやいや、場所の問題じゃないだろ！」

振り返ると、そこには悠希と夏宮さんの姿があった。

思わず溜《た》め息《いき》を吐きながら二人に歩み寄る。

「おいおい、京都に来てまで夫婦漫才はやめておけって」

「誰と誰が夫婦だ――って、晃と……晃の彼女⁉」

悠希が驚きの声を上げた瞬間、夏宮さんが頰《ほお》をつねった。

「なにするんだよ！」

「初対面の女の子にその言い方は失礼でしょ」

夫婦どころか母親みたいに悠希を叱る夏宮さん。

するとと夏宮さんは葵さんの前に立ち深々と頭を下げた。

「うちの悠希ちゃんが失礼な言い方をしてごめんなさい」

うちのって……母親みたいというか、もはや母親そのもの。

「いえ、大丈夫です。気にしないでください」

俺と悠希たちのやり取りを見て俺の知り合いだと察したんだろう。

葵さんは夏宮さんに返事をすると、確認するような視線を向けてくる。

どこかで会うかもしれないとは思っていたが、こんなところで会うなんてな。

「みんな、紹介するよ」

俺は葵さんたちと悠希たちの間に立ち、まずは悠希たちを紹介する。

「転校先の高校のクラスメイトで、修学旅行で同じ班の田部井《たべい》悠希と夏宮梨華さん。俺がみんなと会えるように率先して協力してくれてるのが、この二人なんだ」

「初めまして。夏宮梨華です」

「田部井悠希です」

今度は葵さんたちを二人に紹介。

「こっちは前の高校の友達で、九石《さざらし》瑛士と浅宮《あさみや》泉。それと、もう気づいてると思うけど俺の彼女の五月女《そうとめ》葵さん」

「浅宮泉です。いつもうちの晃君がお世話になってます！」

元気いっぱい、真っ先に挨拶《あいさつ》をしたのは泉だった。

こういう時、泉のコミュ力の高さは頼りになるし、これまで何度も助けられてきたが……泉まで『うちの晃君』って、俺の母親みたいな言い方をするのは勘弁してもらいたい。

まぁ初対面の相手と距離を縮めるためにあえて同じ言い方をしたんだろう。

そんな泉に続いて瑛士と葵さんも挨拶を交わす。

「みなさんのことは晃君からよく聞いていたので、お会いできて嬉しいです」

「こちらこそ、晃君がクラスメイトと仲良くしてると知って安心しました！」

社交的な泉と夏宮さんが率先して会話を繋《つな》ぐ中。

「悠希、夏宮さんと二人きりみたいだけどみんなは？」

班のみんなの姿がないことを不思議に思って尋ねる。

この混み具合だからはぐれてしまったのかと思っていると。

「いや、それがさ……気づいたら誰もいなくなってたんだよ」

「……ああ、なるほどな」

悠希は不思議そうに首を傾げるが理由は明らか。

班のみんなは俺にだけではなく、悠希と夏宮さんにも気を遣ったんだろう。

つまり『おまえらいい加減、さっさと付き合え』というクラスメイトの意思表示。

ちょうど去年の今頃《いまごろ》——学園祭の準備期間中、俺と葵さんも似たような感じでクラスメイトに気を遣われていた。別の言い方をするなら圧を掛けられていた。

当時は放っておいてくれと思ったが、こちら側に立つとその気持ちもよくわかる。

「晃、ちょっといいか？」

「ん？　どうした？」

悠希は夏宮さんが葵さんたちと話しているのを確認すると俺に一歩近づく。

切実そうな表情を浮かべると、周りに聞こえないように耳打ちしてきた。

「頼む……助けてくれ！」

「助けてくれって、どうかしたのか？」

「梨華と二人きりじゃ気まずくて……」

「今さら気まずくなるような仲じゃないだろ？」

「そ、それはそうなんだけどよ……心の準備が」

まぁ……そんなことだろうと思ったよ。

班のみんなの気遣いとはいえ、いきなり二人きりにされたら焦《あせ》って当然。

さすがに悠希もこの状況で二人きりにされたことの意味はわかっているだろうし、最近の悠希は良くも悪くも夏宮さんのことを意識しているから気まずくもなるだろう。

「う〜ん……」

正直なところ、これは少しばかり悩ましい。

悠希の気持ちはともかく、みんなも良かれと思ってしてくれたこと。手を差し伸べたらみんなの気遣いが無駄になるとわかっているが、ここは助けてやりたい気持ちもある。

この状況で放っておいたら関係が悪くなることはあっても良くなることはない。

とはいえ俺は葵さんたちと一緒に見て回っているし、どうしたものか。

なんて思っていると——。

「晃君」

不意に肩を叩《たた》かれて振り返る。

すると泉が理解を示すような表情を浮かべて立っていた。

「みんなで一緒に見て回ればいいんじゃない？」

「みんなでって……いつの間に話を聞いてたんだ？」

「聞いてないけど、なんとなく察したの♪」

「「…………」」

あまりにもエスパーすぎて言葉を失う俺と悠希。

確かに泉は女性特有の勘というか恋バナに対する嗅覚が鋭いが、初対面の二人の様子を見ただけで状況を理解するなんて、察しがいいってレベルを超えてもはや超能力すぎる。

「俺は構わないが、泉たちはいいのか？」

「友達の友達は、もちろん友達。全然オッケーでしょ♪」

さっそく泉は瑛士と葵さんに確認する。

すると二人も快く承知してくれた。

「みんな、ありがとうな」

おかげで遠慮なく悠希に助け船が出せる。

「そんなわけで、悠希たちが嫌じゃなかったら一緒に――」

「みなさん、本当にありがとう！」

俺が言い切る前に感謝の声を上げる悠希。

感極まって提案してくれた泉の手を握ろうとする。

「どういたしまして」

「……ん？」

すると瑛士が泉の代わりに悠希の手を取った。

笑顔を浮かべる瑛士と、手を握られて困惑する悠希。

「泉と瑛士は付き合ってるんだ」

「それは失礼しました……」

瑛士の『彼女の手は握らせないよ』という、やんわりとした意思表示。

さすがの悠希も気持ちを察し、申し訳なさそうに手を引っ込めた。

「じゃあ、みんなで行こっか！」

泉は初対面の微妙な空気感なんてなんのその。

持ち前のコミュニケーション能力の高さで場を盛り上げながら、団体旅行ツアーのバスガイドさんよろしく先導し、みんなの仲を取り持ちながら清水寺を見て回る。

その後ろを歩きながら、俺は夏宮さんに声を掛けた。

「ごめんな。邪魔したみたいで」

「ううん。私も困ってたから助かっちゃった」

夏宮さんは残念そうに苦笑いを浮かべる。

その表情が全てを物語っているように思えた。

「まだ修学旅行は始まったばかり。焦らず行こう」

「うん。ありがとう」

そう――俺も夏宮さんも、まだ修学旅行は始まったばかり。

夏宮さんを励ましつつ、俺たちは六人で楽しく清水寺を見て回った。

＊

清水寺の観光を終えた後、俺たちは悠希と夏宮さんと別れて昼食を取ることにした。

悠希は『二人きりにしないでくれ……』と目で訴えていたが、さすがに六人という大人数だと飲食店で席を取るのが大変と思い、お互いのために別行動にすることに。

ていうか、昼食くらいは頑張って二人きりで食べてくれ。

そんなこんなで飲食店を見て回るが、お昼時だからどこも一杯。

京都の街並みを散策しながら空いているお店を探し回ること数店舗目。

俺たちがやってきたのは、一本外れた通りにあるそば屋だった。

「ここなんてよさそうじゃない？」

泉が入り口に置いてあるメニュー表を眺めながら提案する。

隣に並んで覗いてみると、ランチセットもあって値段も手ごろ。

「いいんじゃないか。みんながよければここにするか」

「私もおそばは好きだから大丈夫」

「僕も構わないよ」

「じゃあ決定ね♪」

満場一致ということで、泉を先頭にお店の中へ。

席に案内されるまで事前にメニュー表を眺めながら注文の品を決めておく。

俺と葵さんと瑛士は茶房で甘いものを食べたばかりだから軽めのざるそばを。食欲の権化にして甘いものは異次元の別腹を持つ泉は、ボリューム満点の天ぷら付きのざるそばセット。

席に通されて注文を済ませると、待っている間も会話を楽しむ。

「みんなでそばか……ちょっと懐かしいな」

「晃の家で年越しそば作って以来だね」

「あれから十ヶ月も経《た》ってるんだから驚きだよな」

言葉にすると長く感じるが、体感としてはかなり短く感じている。

気づけばまた言葉の通り、あっという間に時間が過ぎているんだろう。

「来年の今頃は、みんな受験に向けて忙しくしてるんだろうな」

「来年どころか修学旅行を終えたら受験に備えないとね」

確かに瑛士の言う通り。

修学旅行の実施目的は諸説あるとして、三年生になってからではなく二年生の時に行われるのは、その先に控える大学受験に支障をきたさないためという理由もある。

むしろ受験対策という意味では遅いくらいかもしれない。

「楽しい修学旅行中に受験の話はやめようよ～」

すると泉が珍しくげんなりした様子で呟いた。

「泉は勉強できるんだから受験の心配はないだろ？」

「勉強ができるからって受験が好きってわけじゃないってこと」

なるほど、そりゃそうだよな。

「そんな泉の前で受験の話を続けて悪いけど、みんな進路は決めたのか?」

普段は離れていて聞く機会はないし、せっかくだから聞いてみる。

「僕は大学に進学するつもりだよ」

「わたしも進学予定。関東圏内の大学で絞ってる最中ってとこ」

すると瑛士と泉が続けてそう答えた。

「葵さんは大学に進学していいって言われてるんだっけ?」

「うん。晃君には夏休みに少しだけお話ししたんだけど、お父さんやおばあちゃんに相談したら援助するって言ってもらえたの。どこの大学にするかは未定なんだけど」

「そっか」

夏休み、児童養護施設の帰りに話したことを思い出す。

葵さんはきっと誰かの心に寄り添うような仕事が向いている。

具体的にどんな仕事に就くかはともかく、知識や見聞を広めるためにも大学に進学し、色々な経験を積んでおく方がいいと思う——そんな話を葵さんとしたことがあった。

今は具体的な進学先を検討中といったところか。

「晃はどうなんだい?」

「俺も進学予定。今のところ第一志望は都内の大学かな」

みんな進学予定と聞いて、ふと思うこと。

それは進路について考える度に思っていたこと。

「みんなが都内の大学に進学するなら、また一緒にいられるのにな」

もちろん、それを理由にみんなで都内の大学を受けようなんてことはない。

それぞれが思い描く未来のため都内ではない大学を選択することもあるだろう。

だから、偶然でもそうなったら嬉しいという願望として思わず口から零《こぼ》れただけ。

「そうだね。そうなったら楽しいだろうね」

瑛士はそんな俺の気持ちを察してくれたんだろう。

肯定も否定もすることなく、ただ同意をしてくれた。

「別に近くの大学じゃなくても、今より一緒にいられると思うけどな」

そう答えたのは泉だった。

「今は高校生だから、そりゃ気軽に晃君に会いに行くってわけにはいかないけどさ、大学生になったら行動範囲が広がるし、キャンパスが都内にある大学かもしれないし。少なくとも今より会えるようになるよ。だから、そんなに心配しなくても大丈夫」

「確かに、泉の言う通りだな」

今より気軽に会えるようになる。

そう思うと早く大学生になりたいと思った。

「お待たせしました」

そんな話をしていると注文したそばが運ばれてきた。

「美味《おい》しそう。早く食べよ♪」

こうして俺たちは歓談しながら昼食を食べ始める。

久しぶりのみんなとの食事は、いつもより美味しい気がした。


そば屋を出たのは十二時五十分――。

楽しい時間は本当に早く過ぎ自由時間は残りわずか。

「じゃあ、またな」

俺は駐車場の入り口で瑛士と泉に別れを告げる。

「短い時間だったけど晃に会えてよかったよ」

「わたしも晃君の元気そうな姿が見られて安心した♪」

「それはどっちも俺の台詞《せりふ》だな」

本当、二人の変わらない姿が見られてよかった。

恋人同士の先輩として、これからもよろしくして欲しい。

「次に会える日を楽しみにしてるよ」

瑛士はそう言うと俺にそっと右手を差し出す。

俺はその手を握り返してから葵さんに向き直った。

「じゃあ葵さん、また明日」

「うん。また明日。あとでメッセージ送るね」

できれば明後日も会いたい――。

そんな無茶が言えるはずもなく、俺は三人に背を向けてバスへ向かう。

寂《さび》しさを感じるのはいつものことだが、そんな寂しさにもずいぶん慣れた。

なぜなら、別れを寂しく感じるのは関係を大切に思っている気持ちの裏返しだから。

また会う時まで、寂しく感じた分だけ、そう感じた想《おも》いの大きさだけ――そして再会を楽しみに過ごした日々の数だけ会った時の喜びが大きくなることを知っている。

だから寂しく思うことをネガティブに受け取ることはなくなった。

なにより明日、また葵さんに会えるんだから。

「楽しかったか？」

そんなことを考えながらバスまで戻った時だった。

バスの外で待っていてくれた悠希に声を掛けられた。

「ああ。おかげで久しぶりの再会を楽しめたよ。ありがとうな」

「礼なんていらねぇよ。むしろ言わなくちゃいけないのは俺の方だ」

悠希はそう言うと深く頭を下げた。

「清水寺での件、邪魔をして悪かった……それと、ありがとう」

「それこそ礼なんていらない。お互いさまだろ？」

そうは言っても義理堅い悠希は気が収まらないんだろう。

「どうにもこうにも、梨華と二人きりってのがな……」

頭を下げたまま続ける声音には、いつもの元気がなかった。

「さっきも言ったけどさ、別に二人きりでいるのを恥ずかしがるような付き合いじゃないだろ？　小さい頃から二人でいることの方が多かったんだろうし、今だって二人でいるところをよく見かける。今さら気まずいって、なにか心境の変化があったのか？」

俺は悠希の気持ちをわかっていながら敢《あ》えて聞く。

悠希の口からはっきり言ってくれなければ今以上は手伝えない。

逆を言えば、悠希が明言してくれれば堂々と手を差し伸べられる。

「ああ。晃の言う通りだ」

悠希は腹を括《くく》ったんだろう。

初めて包み隠さずに口にした。

「でも、今さらどう接したらいいかわからねぇんだ……」

「つまり、夏宮さんに対して幼馴染み以上の想いを抱いてるってことか？」

そう尋ねると、悠希は顔を赤くして視線を逸らしながら頷《うなず》いた。

「……俺は人の気持ちに鈍感な方だが、自分の気持ちにまで疎くねぇよ」

気まずいのは夏宮さんへの特別な想いを自覚したから。

そんな悠希の姿を見て、可愛《かわい》いところもあるなと思い笑みが零れる。

きっと以前の俺も瑛士や泉からは同じように見えていたのかもしれない。

「梨華を意識するのも、誰かにこんな想いを抱くのも初めてだからさ……」

照れくさそうに、でも真剣な瞳で悠希は想いを語る。

「悠希とこういう話をする機会は初めてだから聞くが、俺が転校してきたばかりの頃は、まだそんなそぶりは見せてなかったよな。いつから夏宮さんを意識し始めたんだ？」

「……晃から葵さんの話を聞いてからだよ」

「え……？」

返ってきたのは予想外の一言だった。

「晃から転校前の話を聞いて、二人の出会いや、お互いを大切に思っている気持ちを聞いて……羨《うらや》ましく思った。俺も晃みたいな恋がしたいと思った時だった……頭に浮かんだのは梨華の笑顔だった。そういうことかって、自分でも驚いたよ……人生で一番な」

「そうか……」

まさか俺が理由だとは思いもしなかった。

「でも、今さらどうやって関係を変えればいいかわからねぇ」

それは初めて耳にした悠希の本音だった。

そして、その悩みは悠希だけではなく夏宮さんもまた同じ。

クラスメイトをはじめ、傍から見たら『どちらかが告白すれば済む話だろ?』と思うかもしれないが、なかなかどうして、簡単な話ではないのは誰より俺が知っている。

恋愛は思うようにはいかないから難しい。

「先輩風を吹かすつもりはないんだが、一つだけアドバイスができるとすれば――」

それでも今の俺になら言えることがある。

それは同じ道を辿《たど》ってきたから掛けてやれる言葉。

「想いは言葉にしないと伝わらないってことだ」

「言葉にしないと伝わらない……?」

悠希は疑問を浮かべるように俺の言葉を繰り返す。

「基本的に人と人――特に男性と女性はわかりあえない」

まさか俺が誰かにこの言葉を伝える日がくるとは思わなかった。

「家族ですらお互いのことをわからないのに、ましてや他人で、しかも異性である女性に想いを言葉にもせず理解してもらうなんて無理な話さ。それは相手が幼馴染みでも同じこと」

悠希は黙って俺の言葉に耳を傾ける。

「だからこそ対話――つまり、お互いに思っていることを言葉にすることが大切らしい」

「……らしい？」

最後の最後で言葉を濁されて悠希は首を傾げた。

「これは俺の言葉じゃなく、俺が親友から言われた言葉なんだ」

「親友ってのは、さっき一緒にいた九石って奴《やつ》か？」

「ああ。葵さんとの関係に悩む俺に瑛士が掛けてくれた言葉。俺が葵さんと出会ってから付き合うまで指針になっていた言葉。俺は葵さんと対話を繰り返してきたから今がある」

この言葉がなかったら今の俺と葵さんの関係はなかった。

そう断言できるほど大切にしてきた言葉だった。

「借り物の言葉だけど、今の悠希にも参考になると思う」

「対話か……」

悠希は噛《か》みしめるように呟いた。

「言われてみれば、一緒にいるのが当たり前すぎて深い話なんてしてこなかったな……あれこれ言わなくても、梨華が俺のことをわかってくれていたことに甘えてた気がする」

もしかしたら後悔の念のような想いがあるのかもしれない。

「晃の言う通り、全部が全部、伝わってるはずなんてねぇのにな……」

だから悠希が勘違いして受け取ってしまわないように補足する。

「二人のように言葉にせずとも多くをわかりあえる関係はあると思うし、そんな関係を羨ましいとも思う。ただ、わかりあっていても言葉にしないと伝わらないことがあるってだけの話で良し悪しの話じゃない。それを理解することに意味があるんだと思う」

理解しているとしていないとでは、相手への接し方に雲泥の差が生まれる。

それは俺自身が何度も実感してきたことだから断言できる。

「普段から全部話せってことじゃない。ただ、大切なことほど伝える努力が必要だ」

「……ああ。わかった」

悠希はいつになく真面目《まじめ》な表情で頷いた。

「二人とも、早く乗らないと置いてかれちゃうよ！」

気づけば外でだいぶ話し込んでいたらしい。

夏宮さんはバスの中から俺たちを呼ぶ。

「ああ。すぐに行くよ」

俺はそう答えると、悠希の背中を力強く叩く。

「さぁ、行こうぜ」

こうして俺は悠希と一緒にバスに乗り込む。

この修学旅行中、二人の関係を一歩でもいいから進めてやりたい。

それが新しい親友に恋心を自覚させてしまった俺のやるべきことだと思った。

その後、俺たちはいくつかの観光地を巡ってから宿泊先のホテルに到着。

夕食とお風呂《ふろ》を済ませた後、みんなでバカ騒ぎもほどほどに二十二時過ぎに就寝。

明日に備えて早めに布団《ふとん》に入ったものの、葵さんと京都デートだと思うとテンションが上がってなかなか寝付けず、しばらく葵さんとメッセージを送り合う。

日を跨《また》いだ頃、気づけばお互いに寝落ちしていた。

第三話　修学旅行二日目　前編

翌朝、朝食と準備を済ませてホテルを出た後――。

俺《おれ》はホテルから少し離れた路地で同じ班のみんなと一緒にいた。

「じゃあ、あとのことはよろしく頼む」

「こっちのことは心配いらねぇから楽しんでこいよ」

「葵《あおい》さんによろしく伝えてね」

「ありがとう。行ってくる」

悠希《ゆうき》と夏宮《なつみや》さん、みんなに任せて待ち合わせの京都駅に向かう。

駅まではさほど遠くはなく、ホテルから歩いて十分くらいの距離。

向かっている途中、葵さんから改札の前で待っているとメッセージが送られてきた。

今日も会えると思うと嬉《うれ》しく、一分一秒でも早く会いたくて気づけば走り出していた俺。

ほどなくして駅に到着し、案内板を頼りに待ち合わせ場所に向かうと、遠目に改札の前で辺りを見渡している葵さんの姿が目に留まった。

「葵さん――！」

思わず近づきながら声を上げると、俺に気づいた葵さんが胸の前で小さく手を振る。

葵さんに駆け寄りながら自然と笑みが零れるのを抑えられなかった。

「ごめん。待たせちゃったな」

「ううん。そんなに待ってないから大丈夫」

「そっか。それならよかった」

少しだけ滲《にじ》む汗をぬぐいながら答えると、葵さんは自分のバッグからハンカチを取り出して俺の汗を拭いてくれた。

「それに私ね、夏休みに地元の駅で晃《あきら》君が来るのを待ってた時も思ったんだけど……晃君を待ってる時間が好きみたいで、実は少し早く来ちゃったの。だから気にしないで」

「そっか……ありがとう」

本当、葵さんは付き合い始めて以来、想《おも》いを素直に伝えてくれるようになった。

彼氏としては嬉しい限りだけど、やっぱり面と向かって言われると少し照れる。

「じゃあ行こうか」

「うん」

俺たちは改札を抜けて電車に乗り込む。

まだ一日が始まったばかりなのに、もう楽しくて仕方がなかった。

こうして俺と葵さんが向かったのは、事前に相談して決めていた嵐山《あらしやま》だった。

どうしてデート場所を市内の西側——宿泊先から少し離れた場所にある嵐山にしたかというと、市内中心から北エリア、そして金閣寺周辺までは人気の観光スポットが多いから。

つまり、人気の観光スポット＝教師にバレる可能性が高いエリアだから。

事実、俺と葵さんの学校の生徒もその辺りを回る班が多い。

やや南に位置する伏見稲荷大社は三日目、奈良に移動する前に班行動で足を運ぶから避けるとなると、一番人目につかずにゆっくり過ごせるとしたら嵐山だろう。

そんな理由から葵さんとのデート先は嵐山に決めていた。


そうして電車に乗ること約二十分——嵯峨《さが》嵐山駅に到着。

駅を出ると、日本人観光客もさることながら外国人の姿を多く見かけた。

「昨日の清水寺でも思ったけど、京都は外国人に大人気だな」

「外国の人にとって日本旅行の定番の場所だろうからね」

平安時代に貴族の別荘地として栄えた嵐山は、神社やお寺など歴史的な建造物が多くあり、美しい自然と日本文化が融合した地として外国人観光客に人気が高いらしい。

ウェブで調べた際にそう書いてあったが、外国人観光客の多さがそれを証明している。

他の観光地ほど派手さはないものの落ち着いて楽しめるエリアだと思う。

「葵さん」

俺は名前を呼びながら手を差し伸べる。

ここまでくれば知り合いの目を気にする必要もないだろう。

「うん……！」

葵さんも少し照れながら俺の手を握り返してくれた。

夏休み以来、久しぶりに繋《つな》いだ手の温《ぬく》もりを懐かしく思いながら、まずは嵐山のメインストリートにして観光客向けのお土産屋が多く立ち並ぶ長辻通りに向かう。

「ねぇねぇ、晃君」

その途中、葵さんが俺の手を軽く握りながら声を上げた。

「どうかした？」

「着物を着てる人、たくさん見かけるね」

「……本当だな」

言われて気づき辺りを見渡してみると、確かに葵さんの言う通り。

女子大生同士の旅行と思われるグループや、仲睦《なかむつ》まじく歩いているカップル。小さな子供を連れて親子三人で歩いている家族など、あちこちで着物を着ている人たちを見かける。

その中には着物を着ている外国人観光客の姿もあった。

ていうか着物を着ている人の方が多いまである。

「着物を貸してくれる場所があるのかな?」

「ちょっと調べてみようか」

「うん」

わざわざ京都観光のために自分で用意してくるとも思えない。

スマホで『嵐山・着物レンタル』と検索すると数軒のお店が見つかった。

近くのレンタルショップのホームページを確認してみると一日借りて五千円。

カップルプランは二人で一万円。ヘアセットを無料でやってもらえて、髪飾りも無料で借りられる。学生だと二千円引きになるらしく、八千円でこの内容ならリーズナブルか。

さらに追加料金を払えば宿泊先のホテルで着物を返却も可能とのこと。

京都観光では意外とメジャーなサービスらしい。

「近くにレンタルショップがあるみたいだ」

葵さんは瞳《ひとみ》に憧《あこが》れの色を浮かべながら着物姿のカップルを見つめている。

そんな葵さんの姿を見たら提案せずにはいられない。

「俺たちもレンタルしようか」

「いいの⁉」

葵さんは花が咲いたようにパッと笑みを浮かべる。

感情表現がわかりやすくて可愛《かわい》らしい。

「その方が京都に来たって感じもするしさ」

「でも、予約なしで借りられるのかな?」

「確かに……よし、ちょっと電話して聞いてみるか」

俺は先ほど調べたレンタルショップに電話を掛けてみる。

少し緊張しながら待っていると数コール後に繋がった。

「すみません。ちょっとお伺いしたいんですが――」

電話に出てくれた店員さんに用件を伝える。

予約はしていないけど今から行って借りられるか尋ねると、今日は比較的予約が少ないから予約なしでも問題なく、今なら待ち時間なく案内できると教えてくれた。

スマホから漏《も》れる店員さんの声が聞こえたのか、葵さんは嬉しそうに手を叩《たた》く。

「ありがとうございます。これからすぐに伺います」

お礼を伝えてから電話を切る。

「よかったな」

「うん。嬉しい!」

葵さんは笑顔で喜びの声を上げる。

こんなに喜んでくれるなら調べてよかった。

「行こうか」

「うん！」

葵さんにしては珍しく、泉のようなハイテンションで道を行く。

いや、珍しいってことはないか……先ほど駅で会った時に『待つ時間が好き』と言ってくれたように、葵さんは出会った頃よりも素直に想いを伝えてくれるようになった。

昔の葵さんはなにをするにも謝ってばかりいて、お礼を言う時ですら困った表情を浮かべていた……だから今、彼氏として心を開いてもらえていると思うとすごく嬉しい。

俺も葵さんに、もっと自分の気持ちを伝えていこうと思った。

悠希に話したからじゃないが、対話が大切なのは付き合ってからも変わらない。

「ここか」

「そうみたいだね」

そんなことを考えているうちにレンタルショップに到着。

二階建ての店舗は入り口が開けた作りになっていて、外から着物が並んでいる様子が窺《うかが》えるようになっているのは、おそらく通りすがりのお客さんを呼び込むためだろう。

その証拠に俺たち以外にも中の様子を窺っているお客さんの姿がある。

中では観光客と思われる人たちが着物を選んでいる最中だった。

「すみません。先ほどお電話した明護《あかもり》です」

「はい。お待ちしておりました」

笑顔が可愛いお姉さんに案内されて受け付けを済ませ、さっそく着物選びを始める。

男性物は比較的数が少ないから悩まず選べそうだが、女性物は軽く百着以上はある。この中から好みの柄を見つけて選ぶのは大変そう。

そう思った通り——。

「これだけあると悩んじゃうね」

葵さんは悩ましそうな表情を浮かべながら一着ずつ見て回る。

順番に着物の柄を確認している途中、不意に葵さんが足をとめた。

「いいのあった？」

「これ……素敵だなと思って」

葵さんが手に取ったのは紫陽花《あじさい》柄の着物だった。

白を基調とした生地に青と紫の紫陽花を大きめにあしらった鮮やかな一着。

合わせる帯の色次第でお淑《しと》やかにも華やかにも纏《まと》められそうな色合いで、今では清楚《せいそ》系美人として揺るぎない魅力を放つ葵さんなら着る前から似合うと断言できる。

「葵さん、紫陽花柄が好きだよな」

「うん。大好きなの」

「じゃあ決まりかな？」

「これにする」

気に入った着物を見つけて満足そうな葵さん。

俺も早く決めようと適当に選んだ時だった。

「晃君、待って」

着物に伸ばした手を摑《つか》まれた。

「どうかした？」

「晃君、適当に選んでない？」

ぎくり。

「えっと、そんなことは……」

言葉を濁した時点でイエスと言っているようなもの。

葵さんは目を細め不満そうな表情でへの字口、ぷんすこしながら怒られた。

「ちゃんと選ばないとダメ」

「すみません……」

上司に適当な仕事をしていたのがバレた部下の気分で謝罪する俺。

こんな可愛い上司にならば怒られるのも悪くないというか、むしろ怒られてもいいというか、いっそ毎日怒られたいというか、ぶっちゃけご褒美だからお願いしてでも怒られたい。

怒られることに快感を覚えると同時、自分の中の新たな扉が開きかける。

本当に思っていることを口にしてくれるようになったなぁ……。

なんて思いながら、開きかけた扉を必死で閉じる。

「俺、こういうの疎いからさ」

「大丈夫。私が選んであげるから安心して」

葵さんは妙に張り切った様子で小さくガッツポーズ。

その姿を見て、ふと夏休みに海へ行くことになった時のことを思い出す。

いつもの如《ごと》く俺だけ行き先を知らされておらず、葵さんに付き合ってもらいショッピングモールに水着を買いに行った時もこんなやり取りがあったな。

適当に水着を選ぼうとしたら葵さんにとめられて、急遽《きゅうきょ》開催された五月女《そうとめ》葵プロデュースによる水着のファッションショー。

まさかこんなところで第二回が開催されるとは。

「お言葉に甘えてお願いしようかな」

「うん。任せておいて」

そんなこんなで葵さんにお任せすること十五分。

全《すべ》ての着物を身体に当ててみた結果。

「うん。これが一番似合うと思う」

選んでくれたのは落ち着いた色合いの一着。

葵さんの着物との相性もよく、並んで歩いたら映えそう。

「ありがとう。じゃあ着付けしてもらおう」

選んだ着物を店員さんに渡すと、それぞれ二階の一室に案内される。

二階は着付け用の部屋らしく、六畳くらいの和室に色々と道具が揃《そろ》っていた。

俺はさほど時間も掛からず着付けをしてもらい、お店の入り口で葵さんの着付けが終わるのを待つ。女性は時間が掛かるだろうから、この後の予定でも確認しておこう。

スマホで予定と嵐山について調べながら待っていると。

「晃君、お待たせ」

葵さんの声が聞こえて顔をあげた瞬間、目を見張った。

先ほどの白を基調とした紫陽花をあしらった着物を着ている葵さん。

明るめの色合いの着物に濃い色の帯を合わせることで、引き締まった印象を受ける。統一感を持たせるためか、手にしている巾着《きんちゃく》袋と髪を纏《まと》めている髪留めも紫陽花柄。

浴衣姿は二度見たことがあるが、着物姿の葵さんも綺麗《きれい》だった。

そして久しぶり、葵さんの魅力的なうなじと感動の再会。

実は着物を借りると決めた瞬間から期待していたよ。

「どうかな……？」

思わず見惚《みと》れていると、葵さんは恥ずかしそうに尋ねてくる。

こういう時こそ俺も思っていることを口にするべきだと思った。

「すごく綺麗だよ」

「ふふっ。ありがとう」

するとと葵さんは嬉しそうにはにかんで見せた。

この笑顔が見られるなら照れるけど今後も伝えていこう。

「行こうか」

「うん。でも、その前に――」

葵さんは隣に立つと、俺の腕に自分の腕をからめて身体を寄せる。

「写真撮っていい？」

「ああ。もちろん」

スマホを構えて二人並んで自撮りする。

画面の中の俺たちは我ながら幸せそうだった。

「いい写真が撮れてよかったな」

「あとでまとめて送るね」

「ああ。ありがとう」

こうして俺たちは腕を組んだままレンタルショップを後にする。

長辻通りに出ると、道の両側には食べ物屋やお土産屋が軒を連ねていた。

「まだ早い時間なのに、たくさん人がいるね」

「この辺りは嵐山観光の拠点だからな」

お土産屋は後で見るとして、まずは最初の目的地の渡月橋《とげつきょう》へ。

渡月橋は桂川に架かる長さ百五十五メートル、幅約十二メートルの橋。

嵐山の顔ともいえる美しい風景が有名な場所で、嵐山に来たら外すことのできない観光名所の一つ。川のほとりで時間帯によって表情を変える大自然を眺めるのもおすすめの場所。

長辻通りを南に向かうと、すぐに地域の総称にもなっている嵐山が見えてきた。

「おお……すごいな」

橋のたもとまで来ると、中洲まで続く長い橋と広大な桂川が広がっていた。

その景色をより美しく演出するように色づき始めた嵐山の木々が眼前に広がり、美しい景色と川の流れる心地よい音色とが相まってなんとも情緒に溢《あふ》れている。

「なんかもう、これを見ただけで嵐山まで来た甲斐があるな」

「清水寺の時も思ったけど、もう少し遅かったら紅葉がすごいんだろうね」

「ああ。またいつか紅葉の時期に二人で来ような」

「うん」

清水寺の時に葵さんが言ってくれた言葉を今度は俺が口にする。

お互いに同じ言葉を口にしたということは、それはもう約束のようなもの。

「紅葉の時期もいいけど、冬の雪景色も綺麗だろうな」

「うんうん。すごく綺麗だと思う」

いつかの未来に胸を膨らませながら、さっそく渡月橋を渡ろうとした時だった。

「ん――？」

葵さんは一歩踏み出した俺を引きとめる。

組んでいる腕はびくともせず、妙に強い力と意志で引っ張られた。

「どうかした？」

「橋を渡る前に寄りたいところがあるの」

「寄りたいところ？」

なんだろうと思い首を傾げる俺。

すると葵さんは近くのお店を指差した。

「……おかき処？」

お店を見る限り、おかきやお煎餅《せんべい》を扱っているお店だろう。

焼きたてのお煎餅の香ばしい香りがここまで漂ってきている。

「おかき屋さんなんだけど、お団子も扱っててね、中でも『お花見団子』っていうお団子がSNS映えするって若い女性に人気なの。来たら食べてみたいと思ってたんだ。他にも色々な味のお団子があるから女性だけじゃなくて男性にも人気があるんだって！」

久しぶりに食欲の権化《ごんげ》と化した葵さんは瞳を輝かせながら捲《まく》し立てる。

葵さんは泉と日和《ひより》の影響もあり、今じゃ二人に負けず劣らずの和菓子好き。

「いいね。行ってみよう」

「うん！」

ＳＮＳ映えするからだろうか、お店の前には若い女性が大勢並んでいる。

その隙間《すきま》から店先のショーケースを覗《のぞ》くと、中には個性豊かなお団子が並んでいた。

お団子の上に桃色や黄色や緑色など色とりどりの餡子《あんこ》を載せた、京都風に言うならはんなりとした和スイーツが並ぶ中、一際目《ひときわ》を引いたのは葵さんの言っていたお花見団子。

複数色の餡を花弁の形に造形してお団子の上に載せ、その上にケーキやアイスのトッピングにも使われている銀色の小さな粒ことアラザンをちりばめた芸術的な一品。

お店の前を離れるお客さんはみんなお花見団子を手にしていた。

「確かにこれは映えるな」

「でしょ？」

もちろん定番の醬油団子やみたらし団子、三色団子もある。

ちなみに三色団子が桃色と白色と緑色の理由を知っている人は少ないと思うけど、桃色は桜の咲く春、白は雪の降る冬、緑は木々の葉が生い茂る夏を表しているらしい。

秋はどこにいったんだと思いつつ、なんでそんなに詳しいかって？

ショーケース内の商品ポップに書いてある。

「とりあえず並ぼう」

「うん」

最後尾に並ぶと、葵さんは悩ましそうな表情を浮かべながら順番を待つ。

「葵さんはどれにするか決まった？」

「う～ん……どうしよう」

あまりにも真剣な表情すぎて思わず笑いそうになるのを堪《こら》える俺。

「晃君はどれにするか決まった？」

「ああ。俺は大丈夫だよ」

「お花見団子は食べるとして、定番の三色団子、みたらし団子、醬油団子に磯部《いそべ》団子、変わり種のチョコ団子も捨てがたいし、紫芋餡団子とさくら餡団子も気になる……」

まるでなにかの呪文のようにお団子の名前を読み上げ続ける葵さん。

結局、決めかねたまま俺たちの順番が回ってきてしまった。

「どれになさいますか？」

「えっと、お花見団子と……」

笑顔の店員さんを前に焦《あせ》る葵さん。

「すみません。全部一本ずつください」

「えっ――!?」

俺が全部頼むと葵さんは驚きの声を上げる。

その表情は驚き以上に喜びで満ち溢れていた。

「晃君、全部買っちゃうの⁉」

「悩むくらいなら全部買おうと思って」

「すごくたくさんだけどいいの？」

「二人なら食べきれるだろ」

「うん。そうだね！」

こうして俺たちは全十二種類のお団子を全て購入。

お団子を受け取ると、驚くお客さんの注目を集めながらお店を離れる。

食べ歩きするには量が多すぎるから、どこかでゆっくり座りながら味わいたい。

いい場所がないかと思い辺りを見渡すと、道を挟んだ向かいに流れる桂川の川沿いにベンチが並んでいるのが目に留まった。

「あそこに座って食べようか」

「そうだね」

葵さんはお団子を大切そうに抱えながら待ちきれないと言わんばかりに駆けていく。

ベンチに並んで腰を下ろすと、袋からお団子を取り出して膝《ひざ》の上に並べた。

色とりどりのお団子を前に、ちょっとしたピクニック気分。

「葵さんはどれから食べる？」

「悩むけど……やっぱりお花見団子かな」

そうだろうと思った。

実は葵さんは好きな物から食べるタイプ。

一緒に暮らしていた頃も食事の時は好きなおかずから箸をつけていた。

「俺は定番の醤油団子から食べようかな」

お目当てのお団子を手に取ると、葵さんはスマホを取り出して写真に収める。

改めて、お花見団子はその名の通り、花弁の形をした四種類の餡をお団子に載せていて、赤色はいちご餡、黄色は柚子《ゆず》餡、桃色はさくら餡で緑色は抹茶を混ぜた餡を使用。

その上に銀色のアラザンを載せた、まさに和洋折衷といったスイーツ。

まさにお花見、見るも美しい色とりどりの餡を使った一串だった。

「……うん！」

思うような写真を撮ることができたんだろう。

葵さんは満足そうに頷《うなず》くと、お花見団子をじっと見つめ。

「「いただきます！」」

一緒に声を上げた後、二人でぱくりと口に運んだ。

もちもちした食感が心地よく、噛《か》むほどに醤油の味が口の中に広がっていく。

味はもちろん風味も香りも強いのに、不思議と味付けは濃すぎず薄すぎず、なんとも食欲をそそられるベストな塩梅《あんばい》。続けて二口目と食べる手がとまってくれない。

そんな俺の横で葵さんは頬《ほお》に手を添えながら目を細めている。

絵に描いたように幸せそうな笑顔でなにより。

「美味《お》しい《い》？」

「うん。晃君のはどう？」

「ああ。こっちも美味しいよ」

すると葵さんは物欲しそうな瞳で醤油団子をじっと見つめる。

どうしたのなんて聞くまでもなく、どんな味か気になって仕方がないんだろう。

こんなことなら二本ずつ買っておけばよかったと思ったが、そんなに食べたら昼食が食べられなくなってしまう。買って帰るにしても荷物になるし……。

どうしたものかと思っていると。

「……ん？」

葵さんがお花見団子を俺の口元に差し出した。

「一口交換しよ？」

「え――」

間接キスになると思って身構えたが、冷静に考えたら今さらだった。

俺たちは恋人同士だし、間接キスどころか普通にキスも……一回している。

思い出した途端に顔が熱くなってしまったが、今さら間接キスくらいで恥ずかしがるのもおかしな話だし、おやつをシェアすることくらい恋人同士なら普通のこと。

とはいえ恋人歴が浅いから意識してしまうのは仕方ない。

葵さんも同じようで少し照れている様子。

「そうするか」

「うん。晃君、お先にどうぞ」

「ありがとう」

お言葉に甘え、先に葵さんのお花見団子を一口食べさせてもらう。

噛んだ瞬間、柚子餡の爽《さわ》やかな香りが鼻から抜けた。

「どう?」

「うん。美味《うま》いな」

見た目はスイーツ感が強いけど、お団子なだけあってしっかり和な感じ。

葵さんに食べさせてもらったおかげで気分的には美味しさが三割増し。

「葵さんもどうぞ」

「ありがとう」

今度は俺が醤油団子を差し出すと、葵さんは嬉しそうにお礼を言ってから口に運び、とても

満足そうに何度も頷きながら顔をほころばせる。

今さらだが、俺は葵さんが美味しそうに食べている顔が好きらしい。

笑顔見たさに食べさせまくって餌付《えづ》けしてしまいそう。

「お醤油味も美味しいね。ほっとする感じ」

「最後の一個も食べていいよ」

「本当？　お言葉に甘えちゃおうかな」

なんだろう……しみじみと実感する。

秋の過ごしやすい気候の中、こうして川辺に座って色づき始めた山を眺めつつ、川の音と小鳥のさえずりに耳を傾けながらお団子を食べている情緒溢れるワンシーン。

隣では誰《だれ》よりも大切な人が自分に笑顔を向けてくれている。

人はきっと、こういう時間に幸せと感じるんだろう。

思わずお団子と一緒に幸せを噛みしめる。

「さて、二本目はどれにしようか……ん？」

手を伸ばしながら思わず疑問の声が漏れる。

なぜならすでに空の串が二本置いてあったから。

……二本？

「葵さん、それ三本目？」

「うっ……」

葵さんは今まさに食べようと口を開けたまま手をとめる。

全然食べてくれていいんだけど、さすがに早くない？

「美味しすぎて手がとまらなくて……」

恥ずかしそうに頬を染めながら目を泳がせる葵さん。

よく見るともう片方の手に四本目を持っていた。

うん……食欲があるのはいいことだよな。

「まぁ食欲の秋だから手もとまらないよな」

「うん。食欲の秋だから仕方ないよね」

言い訳を見つけた葵さんは絶好調、最終的に八本のお団子を食べていた。

まだ食べられそうな気がすると言っていたが昼食に備えて腹四分目。

他にも美味しそうな食べ物を見かけるかもしれないし。

「よし、食べ終わったし渡月橋を渡ろう」

「うん。そうしよ」

小腹を満たした俺たちは渡月橋を渡り、中洲にある嵐山公園へ足を運ぶ。

すると案の定、美味しそうな食べ物を売っているお店を見つけて我慢できるはずもなく……

結局、俺たちは腹四分目を超えて腹六分目くらいまで食べてしまったのだった。

食欲の秋って恐ろしいよな。


渡月橋近辺を楽しんだ後、来た道を戻り次の目的地へ向かった。

やってきたのは京都を代表する寺院の一つ、世界遺産にも認定されている天龍寺《てんりゅうじ》。

パンフレットによると、歴史のある建造物と息を呑《の》むほど美しい日本庭園が広がるお寺で、禅寺ならではの静謐《せいひつ》な雰囲気を体感できる場所として多くの観光客が訪れるらしい。

正門を抜け、まずは法堂《はっとう》に向かい参拝を済ませ、天龍寺の象徴ともいえる天井《てんじょう》に描かれた雲龍図を見た後、その他にも歴史のある建物を見ながら境内を散歩して回る。

そしてやってきたのは、天龍寺で最も大きな建造物である大方丈《だいほうじょう》。

その前に望む曹源池《そうげんち》庭園だった。

「ここの景色も綺麗だね」

「ああ。空気が違うというか、神秘的な雰囲気すらあるよな」

曹源池庭園は日本で初めて特別名勝指定された庭園として有名で、曹源池庭園と大方丈、そして後ろに広がる嵐山を含めて一つの景観であり四季折々の美しさが楽しめる。

この庭園がなければ天龍寺が世界遺産に登録されることはなかったと言われるだけあって、まさに絶景。

一通り境内の散策を終えると北門を抜けて天龍寺を後にする。

その先は竹林《ちくりん》の小径《こみち》という散策路に繋がっていた。

「すごいな……」

「うん……すごいね」

思わず立ちどまり二人で感嘆の声を漏らす。

ここ、竹林の小径はテレビや雑誌でも取り上げられることも多い人気のスポット。

約四百メートル続く散策路の左右には、高く伸びた竹が空を覆《おお》いつくす圧巻の光景。隙間から差し込む日の光と、風で鳴る竹の葉の音色が響く幻想的な空間が広がっていた。

まるで数万本の竹が織りなすトンネルの中を歩いているよう。

多くの観光客が背の高い竹を見上げながら歩いていた。

「実は着物を借りることになった時、ここに来たいと思ったの」

葵さんが感慨深そうにぽつりと漏らす。

「着物を着て歩いたら絵になるだろうなと思って」

確かに、歩いている人たちの中に着物姿の人を多く見かける。

絵になる場所だからか、そこかしこで写真を撮っている人たちも。

「葵さん、写真撮ってあげるよ」

「うん。お願い」

さっそくスマホを取り出して画面に映る葵さんを見つめる。

色鮮やかな緑の竹林をバックに紫陽花柄の着物がよく映えて美しい。

そんな感想を抱きながら何度か撮影ボタンを押して写真に収める。

「いいね。綺麗に撮れてる」

「本当？」

横から覗《のぞ》いてくる葵さんと一緒に画面を確認していた時だった。

「すみません――」

不意に声を掛けられて振り返ると、そこにはカップルの姿があった。

見た感じ俺たちより少し年上だから、たぶん大学生だろう。

「なんでしょうか？」

「ご迷惑でなければ写真を撮っていただけませんか？」

どうやら二人一緒に写真を撮りたいらしい。

そういうことならちょうどいい。

「いいですよ。その代わり俺たちも撮ってもらえますか？」

「もちろんです」

お互いのスマホを交換し、順番にお互いのツーショットを撮りあう。

満足のいく写真を撮り終えると、お互いにお礼を言って別れた。

「二人で撮りたいと思ってたから声を掛けてくれて助かったな」

「うん。よかったね」

旅行先ならではの出会いというか一コマだろう。

その後も風景を写真に収めながら散策路を楽しむ俺たち。

わずか四百メートルの小径なのに、気づけば結構な時間が経《た》っていた。

「もうこんな時間か……あっという間だな」

小径を抜けた後、スマホで時刻を確認すると十三時を過ぎたところ。

渡月橋に天龍寺に竹林の小径、三ヶ所も見て回ればそんなものか。

「少し遅くなったけど、お昼にしようか」

「うん。ちょうどお腹《なか》が空いたところだったの」

お団子を八本食べたことは突っ込まないでおこう。

そんなこんなで、観光を続けたい気持ちはあるが一路長辻通りへ。

軒を連ねるお店を眺めながら、どこで昼食を食べようか頭を悩ませる。

「葵さん、なにか食べたい物とかある？」

「実はね、行きたいお店があるの」

すると葵さんは迷うことなく口にする。

「もしかして事前に調べておいてくれた？」

「うん。実は昨日の夜、楽しみで眠れなくて」

葵さんは照れくさそうにはにかんでみせる。

「カフェなんだけど、ランチもやってるお店なの」

「いいね。そこに行ってみよう」

「うん」

案内してくれる葵さんの後に続いて一本奥の通りに入る。

すると、すぐに目的のカフェに着いたんだけど……。

「ここがカフェ？」

思わず疑問の声を漏らすほど一見するとカフェとは思えない。

目の前の建物は、立派な門を構える古き良き邸宅だった。

「古民家をリノベーションして作ったカフェなんだって」

「なるほどな」

言われないとカフェと気づかずに店舗の前をスルーしてしまいそう。

門をくぐって中に足を踏み入れると美しい庭園が広がっていて、抜けた先に店舗への入り口があり、並べられた椅子《いす》には順番を待っているお客さんが十人以上座っていた。

知る人ぞ知る隠れ家と思いきや、実は結構な人気店らしい。

「だいぶ待っちゃいそうだね」

葵さんが少し心配そうに言葉を零す。

「この時間ならどこも同じだろうから待とう」

「いいの？　晃君、待つの嫌じゃない？」

葵さんは申し訳なさそうに表情を曇らせる。

自分が選んだお店が混んでいたから気にしているんだろう。

「葵さんが事前に調べて決めたってことは、たぶんこのカフェに気になるメニューがあったんじゃない？　せっかくだし、順番を待ってでも食べたいものを食べて欲しいしさ」

それに待ち時間だって葵さんと一緒にいられることに変わりはない。

「だから全然気にしなくて大丈夫」

「……さすが晃君だね」

「さすが？」

「ちゃんと私のこと、わかってくれてる」

葵さんは俺の手をそっと握りながら口にする。

「一緒に暮らしてた時もそう。私のことを考えてくれて、わかろうとしてくれて。わからない時も、私がどうしたいか聞いてくれて……ずっと気持ちに寄り添ってくれてた」

そんな顔で言われると俺まで照れてしまう。

「まぁ一応……葵さんの彼氏だしな」

「うん。私の彼氏……ありがとう」

「ど、どういたしまして……」

お互いに照れ合いながら最後尾に並んで順番を待つこと三十分。

俺たちの順番が回ってくると、店員さんに案内されてお店の中へ足を運ぶ。

店内は葵さんが言っていた通り古民家をリノベーションした作りになっていて、ところどころお洒落な装飾が施されてた和モダンといった感じの空間が広がっている。

細い廊下を通って案内されたのは八畳くらいの畳敷きの和室。

趣《おもむき》のある日本庭園が眺められる窓際の席だった。

「さて、葵さんが食べたかったメニューはどれかな」

向かい合って座ると、葵さんはメニュー表を開いて横に向ける。

「一つはこれ」

迷いなく指で差したのは抹茶を使ったクリームパスタ。

「へぇ……珍しいメニューだな」

牛乳に抹茶を混ぜて作ってあり、抹茶の風味を楽しめると書いてある。

正直なところ味の想像ができないが、一番人気と書いてあるし頼んでみよう。

抹茶の本場、京都のお店で一番人気なら期待を裏切らない味のはず。

「あとね、こっちが気になってたメニューなんだけど」

ページをめくり、とあるデザートを指差した。

「……焼きお団子セット？」

「そう。これが食べたかったの」

写真を見る限り、抹茶に白い団子とよもぎ団子を三本ずつ添えたセットメニュー。

それだけなら普通のお団子セットだが『焼き』とあるように、お盆の上には小さな四角い形の七輪が載っていて、自分で焼いていただくという一風変わったメニューだった。

焼いた後はお好みでみたらしや餡子を付けて食べるスタイルらしい。

なるほど、確かにこれは興味をそそられる。

「美味しそうだし、なにより面白《おもしろ》そうだな」

「自分で焼いて食べる機会ってないから気になっちゃって」

「お団子は渡月橋でも食べたけど、これは焼き団子だから別腹だな」

「うん。別腹ってことにしておいてくれると嬉しい」

そんな冗談を言い合いながら、俺たちは店員さんを呼んで注文を済ませる。

待っている間、他のメニューが気になってメニュー表に視線を落とすと、焼きお団子セットの他にも抹茶アイスを載せたパフェ、抹茶のロールケーキセットなど女性の好きそうなメニューが数多くあり、一度では楽しみきれないほど魅力的なメニューが並ぶ。

そうこうしている間に抹茶のクリームパスタが運ばれてきた。

「おお……見事な抹茶色だな」

抹茶のクリームが絡《から》まることで鮮やかな緑色に染まったパスタ。

初めてイカ墨パスタを食べた時のインパクトに近いものを感じる。

具材はシンプルに玉ねぎとベーコン、盛り付け後にパスタの上に生ハムを添えてオリーブオイルを一回し。抹茶の香りの奥にほのかに感じる香ばしさはたぶんニンニクだろう。

見た目の美しさもさることながら、とても食欲をそそられる香り。

抹茶を除けば食べる前から美味いと思える素材のチョイス。

はたして抹茶との組み合わせがどう出るか……。

「「いただきます」」

二人一緒に手を合わせ、フォークを手に取り口に運ぶ。

「……うん！」

思わず葵さんと顔を見合わせる。

食べた瞬間、最初にはっきりとした抹茶の味が広がった。

独特のほろ苦さは牛乳でまろやかになってはいるものの、やや主張が強め。だが火が通って甘くなった玉ねぎと一緒に食べることで嚙むほどに味のバランスが整っていく。

こうなると抹茶の苦味は一転して個性になるから素晴らしい。

さらに載っている生ハムと一緒に食べれば旨味もプラス。

確かにこれは一番人気も頷ける。

「抹茶がどう転ぶか想像がつかなかったけど、これは美味《うま》いな」

「うん。こんなに抹茶の味をしっかり感じるとは思わなかった」

「俺はこのくらいがちょうどいいけど、抹茶が好きな人ならもっと抹茶感が強い方が好きかもしれないな」

「泉さんや日和ちゃんならもう少し強めがいいって言いそうだね」

確かに、あの二人は筋金入りの抹茶好きだから間違いない。

なんて考えていると、葵さんは考え込むように手をとめた。

「どうかした？」

「これ自分で作れないかな……？」

「近い感じなら再現できるんじゃないかな」

「そう思う？」

改めて、もう一口ぱくり。

今度は作り方を想像しながら味わってみる。

「……麺に抹茶を練り込んでるわけじゃなさそうだな。となると、まずはニンニクをオリーブオイルで炒めて、油に香りが移ったら玉ねぎとベーコンを入れて炒めるだろ」

「火が通ったら抹茶を混ぜた牛乳を入れて、煮詰めてソースを作る感じかな？」

「そうだと思う。ソースができたら茹で上がったパスタをからませて」

「最後に生ハムを載せてオリーブオイルを回しかけて完成だね」

意外と作る工程はシンプルで難しくなさそう。

「生クリームじゃなくて牛乳を使うのは、生クリームだと濃厚すぎるから？」

「それもあるし、抹茶と混ざりにくいのと、とろみがつきすぎるからかもしれないな」

「そっか……確かにそうかもしれないね。生クリームは牛乳から作るけど、その性質には結構な違いがあるから、お菓子作りやお料理では使いわけることが多いもんね」

「そうだと思う」

あまりの美味しさに気づけば作り方を分析しだす俺と葵さん。

一緒に暮らしていた頃の葵さんは料理が全くできなかったが、祖母と暮らし始めてから料理を教えてもらい、夏休みに会った時には驚くほど上達していた。

今ではこうして一緒に語り合えるくらい。

葵さんと料理の話で盛り上がれる日がくるなんて思ってもみなかったから、嬉しくてついつい抹茶のクリームパスタの再現方法でひと盛り上がりしてしまった。

「私、帰ったら作ってみる」

「上手《うま》くできたらレシピ教えて欲しいな。日和にも作ってやりたい」

「うん。もちろん」

そんなこんなで抹茶のクリームパスタを堪能した俺たち。

一息ついていると、ある意味メインの焼きお団子セットが運ばれてきた。

「「おお……！」」

思わず感嘆の声をハモらせる俺と葵さん。

写真で見たからわかってはいたが、お盆に載っている七輪を見て思わず感動。

おひとり様用の小さな七輪の中には煌々《こうこう》と燃えている炭が入っていて、手をかざしてみるとしっかりと熱を放っていて温かい。

炭火を見る機会なんて滅多にないから図らずもワクワクしてしまう。

「よし。焼いてみよう」

「うん！」

店員さんから説明を受けた後、さっそくお団子を手にして網の上に載せる。

すると葵さんは身を乗り出して網の上のお団子をじっと見守り始めた。

「「………」」

その瞳はいつになく真剣そのもの。

上から眺めたり横から覗いたり、あまり動かさない方がいいとわかっているのか、少しだけ持ち上げて焼き加減を確認するなど、絶対に焦がさないという強い意志が窺《うかが》える。

食に対する熱量は七輪の中の炭火のように高いものがある。

「熱いから気をつけて」

「うん。ありがとう」

そんな姿を微笑ましく見守りながら、俺も一緒にお団子を見守る。

少し経つとお団子の焼ける音と香ばしい匂いが辺りに漂う。

「そろそろいいかな?」

「ああ。いいと思うよ」

葵さんは慎重にお団子をひっくり返してみる。

すると白いお団子には美味しそうな焼き色がついていた。

「いい感じだね!」

俺もひっくり返し、さらに待つこと数分後――。

完璧《かんぺき》な焼き加減のお団子が完成した。

「「いただきます!」」

まずはみたらしを付けて食べてみる。

口に運ぶと、みたらしの甘辛さが口の中いっぱいに広がった。

焼きたてだから温かいこともあって甘さが引き立っているように感じる。焼き加減もさることながら、お団子本来の味がしっかりしていて美味しい。

そんな感想を思い浮かべる俺の目の前で。

「幸せ……」

葵さんは今にも昇天してしまいそうな様子で天を仰《あお》ぐ。

こんなに喜んでくれるなら並んだ甲斐があるってもの。

近くで席を片付けていた店員さんも嬉しそうに見つめていた。

「次は餡子で食べてみよ」

葵さんは餡子を付けてもう一口。

幸せそうな表情は多くを語る必要もなく美味しいと訴えていた。

こうして俺たちは抹茶を片手に焼きお団子セットを堪能。

嵐山デート午前の部を終えたのだった。


……さすがに食欲の秋とはいえ食べすぎのような気がする。

第四話 修学旅行二日目 後編

昼食を楽しんだ後、俺《おれ》たちはカフェを後にして長辻通りを散策していた。

午後になると観光客の数もピークになり朝よりも多くの人たちがいて、歩道を歩いている時も気を付けないと、すれ違う人とぶつかってしまいそうになるほどの賑わい。

これだけ人が多いと修学旅行生の姿も見かけるが、思っていた通り俺たちの学校の生徒の姿は見かけない。これなら最後まで誰《だれ》かにバレる心配はなさそうで一安心。

もし知り合いがいても着物姿だから簡単には気づかれないはず。

そんな話を葵《あおい》さんとしながら時間を確認すると十四時半。

そろそろ一日の終わりを意識しないといけない時間だった。

「葵さんは何時までにホテルに戻らないといけないんだっけ？」

「十八時。少し前にホテルの近くで班のみんなと落ち合う約束なの」

「そっか。じゃあ俺と一緒だな」

そうなるとタイムリミットは残り三時間半くらい。

電車で京都駅まで移動することを考えると十七時過ぎには嵐山《あらしやま》を後にした方がいい。着物を返却する時間も加味すると、観光に当てられる時間はあと二時間半くらいか。

楽しい時間の終わりを意識した途端に寂《さび》しさがチクリと胸を刺す。

最後に思い出に残るようなことができればな……。

「いい時間だし、お土産屋を見て回ろうか」

「うん。そうだね」

俺の手を握り返す葵さんの手に少しだけ力が籠《こ》もる。

それだけで同じ気持ちでいてくれているとわかり嬉《うれ》しかった。

「葵さんはおばあちゃんたちから頼まれてるお土産とかあるの？」

「特にこれとは言われてないから、どうしようかなと思って。お父さんや由香里《ゆかり》さん、それに葵志《あおし》君の分。ご近所さんの分も買いたいから選ぶのが大変かもしれない」

「俺も手伝うから色々見て回ろう」

「ありがとう」

こうして俺たちはお土産屋さんを見て回る。

さすが嵐山のメインストリートだけあって多種多様なお土産屋が並んでいる。

京都ならではの食べ物から伝統工芸品を扱うお店など、バラエティに富んだお土産屋が軒を連ねる中、最初に目に留まったのは京都の定番、八つ橋を取り扱うお店だった。

「やっぱり八つ橋は外せないよな」

「おばあちゃんも好きって言ってた」

「じゃあ一つ目は八つ橋で決まりだな」

最初のお店はここに決め、さっそく店内にお邪魔する。

店内には一般的な焼いた八つ橋の他にも、色々な種類の生八つ橋が並んでいた。

定番の餡子の入ったものから、いちご餡やさくら餡が入ったもの。中には思わずネタだろうかと突っ込みたくなるような、チョコやラムネが入った変わり種の八つ橋もある。

渡月橋のおかき処のお団子を見た時も思ったけど。

「時代というか世代というか、こういう和スイーツっぽいのが流行ってるんだろうな」

「確かに若い人は好きそうだよね。映えると思うし」

二人で手に取り驚きと共に感想を口にする。

伝統的な食べ物も俺たちみたいな若者に向けて売るには、このくらいお洒落でスイーツ感の強い味やパッケージにしないとダメだと思うと、製造元の涙ぐましい努力が窺《うかが》える。

普通の生八つ橋は買うとして、他にどの味を買おうか悩む俺たち。

「ん――？」

すると抹茶を使った生八つ橋が目に留まった。

「葵さん、抹茶の生八つ橋だってさ」

「抹茶――⁉」

他の棚に目を向けていた葵さんが笑顔で振り返る。

俺の傍にくると抹茶の生八つ橋の箱を手に取り興味深そうに確認する葵さん。

商品が陳列されている棚の傍には『抹茶糖付き』と記載されたポップが一緒に展示されていて、それを振りかけて食べることでより抹茶の味《わ》わいを楽しめると書いてある。

「どんな味なんだろうね」

きっと美味《おい》しいんだろうけど味のイメージが湧かない。

「気になるよな」

興味津々、気になって味の想像をする俺たち。

そんなお客さんを店員さんが見逃すはずもない。

「美味しいので、ぜひ食べてみてください！」

商売上手なお姉さんは試食の品を片手に俺たちをロックオン。

爪楊枝に刺した抹茶の生八つ橋を俺たちに差し出した。

「「ありがとうございます」」

お礼を言ってから受け取ると、店員さんが商品の説明をしてくれる。

京都でも有名な茶葉からできた抹茶を丁寧に練り込んだ生地を使っている生八つ橋。

それだけでも美味しいが、食べる直前に付属の抹茶糖をかけることでさらに抹茶の味わいを深くすることができるため、抹茶好きの人から絶大な支持を得ている一品らしい。

そんな説明を受けたら嫌でも期待値は爆上がり。

さっそく二人で食べてみる。

「「んっ――――！」」

嚙《か》んだ瞬間、想像を超える味に思わず唸《うな》ってしまった。

皮は柔らかく、でもモチモチとしていて食べ応《ごた》えのある食感。

抹茶の練り込まれた皮と抹茶餡の相性がいいのは言うまでもなく、嚙むごとに口の中が濃厚な抹茶の味と香りでいっぱいになるものの、独特の苦みは抑えられていて食べやすい。

これなら抹茶が好きな人はもちろん、あまり得意ではない人でも大丈夫そう。

店員さんの言う通り、好きな人は抹茶糖を多めにかけると楽しめると思う。

お世辞抜きで美味しいと思う俺の隣で、葵さんは頰《ほお》に手を当てながら口をもぐもぐ、追加で抹茶糖を山盛りに振りかけながら幸せそうな表情を浮かべていた。

「気に入った？」

「うん！」

元気いっぱい子供みたいな返事をする葵さん。

とても気に入ったみたいでなにより。

「私これ買う。晃《あきら》君はどうする？」

「そうだな……」

俺も好きな味だし、日和《ひより》が喜んで食べる姿が目に浮かぶ。

でも頼まれていた物ではないから、念のため食べるかメッセージを送って聞いてみると、日和にしては珍しく『食べる！』と、即レス&ビックリマーク付きで返信があった。

よほど気になったんだろうと思いながら一箱買うことに。

すると葵さんは二箱手に持っていた。

「一つは自分用で、もう一つはおばあちゃん用？」

「んん？」

なぜか葵さんは不思議そうに首を傾げる。

だけどすぐに俺の言葉の意味に気づいたらしい。

「あ……そうだよね。おばあちゃんの分も買わないとだよね」

思い出したように慌てて一箱追加、合計三箱買う葵さん。

「もしかして二箱とも自分用だった？」

「ううっ……」

葵さんは隠れるように箱で顔の下半分を隠す。

「だって、すごく美味しかったんだもん……」

まさかのまさか、二箱とも自分用だったらしい。

「しょ、食欲の秋のせいってことにしておいて……」

本日何度目かの食欲の秋のせい。

こう何度も責任を押し付けられると秋も大変だよな、なんて冗談交じりに思いつつ、照れくさそうに誤魔化《ごまか》す葵さんが可愛《かわい》いから許してあげて欲しい。

葵さんがそれだけ買うなら間違いないと思い、俺も追加で一箱購入。

ちなみに葵さんは残りの修学旅行中のおやつにすると、小分けの物もいくつか購入。

修学旅行中のおやつと言いつつ、明日まで持たないだろうなとは言わないでおいた。


こうして八つ橋を買った俺たちはお店を後にする。

その後、お店を変えて抹茶のラングドシャやわらび餅、饅頭や最中など。

気づけばお土産にプラスして自分たちが食べたい物まで買い漁《かあさ》る。

一時間もすると両手が袋でいっぱいになって焦《あせ》る俺たち。

こんな両手に大荷物を抱えたまま観光を続けるのはきついと思い、配送してくれるお店でこれまで買った物もまとめて送ってもらうことに。

おかげでなんとか身軽になったのはいいんだが……その後もお土産屋を見て回り、また片手が塞《ふさ》がるくらいは買い込んでいた。


「さすがに買いすぎたな……」

「そうだね。まだ二日目なのにね」

葵さんはそう言って楽しそうに笑って見せる。

本当、我ながら笑ってしまうくらい爆買いしてしまった。

「まぁでも、それだけ楽しいってことだよな。また買って荷物が増えてもホテルから送ってもらえばいいし、あとからもっと買っておけばよかったって後悔するよりはいいだろ」

「そうだよね」

葵さんも買いすぎた自分を肯定するようにうんうん頷《うなず》く。

今だけは食べ物を買いすぎても『食欲の秋のせい』という魔法の言葉があるしな。

「さて、次はどのお店に行こうか」

「食べ物以外の物も買いたいよね」

「確かに、形に残る物も欲しいな」

なんて話しながら歩いていると。

「ん――――？」

「晃君、どうかした？」

「あのお店なんだろう」

道路を挟んだ向かいにある、とあるお店が目に留まった。

見た目は民家のような建物だが壁にポスターが吊るされている。

「……ちりめん細工？」

葵さんは首を傾げながらポスターに書かれている文字を読み上げる。

聞きなれない言葉だが、お店の入り口辺りに置かれている棚に小銭入れや巾着袋のようなものが陳列されているのを見る限り、伝統工芸品かなにかを扱っているお店だろうか。

窓から覗《のぞ》く店内には女性のお客さんの姿が窺えた。

「ちょっと覗いてみようか」

「うん」

俺たちは吸い込まれるように店内に足を踏み入れる。

最初に目に飛び込んできたのは、彩《いろど》り豊かな生地を使った芸術的な品の展示だった。

秋をテーマにしているんだろう。生地で作ったもみじの葉や柿や栗、他にも熊や兎の置物などが並べられていて、とある秋の森の一コマを切り取ったようなディスプレイ。

別の言い方をすれば、ある日森の中で熊さんに出会った感じ。

「すごく綺麗《きれい》……」

葵さんは瞳《ひとみ》を輝かせながら熊の置物を手に取る。

こうして実物を見たり手に取ってみたりすると、ちりめん細工がどういう物かなんとなくわかったような気がするものの、言葉で説明しようとすると少し難しい。

するとディスプレイの傍に解説用のポップが置いてあった。

ちりめん細工とは縮緬《ちりめん》という絹織物を使った江戸時代から伝わる伝統手芸。

表面に細やかな『しぼ』という凹凸《おうとつ》を持つ縮緬は、古くから着物の材料として愛好されていて、着物を裁った後に残った切れ端を使い、袋物や小物を作るようになったのが始まり。

明治時代には女学校の教材にもなっていたほど歴史と伝統のある文化だった。

その後、一度は時代や生活様式の変化で忘れ去られてしまったが、近年改めて、その美しさや素晴らしさに気づく人たちが増え、こうして再び注目され始めている。


要約すると、そんな感じらしい。

つまり店内にある物は全《すべ》て縮緬を使った商品ということ。

「こういう文化を残すのって大変だろうな」

「うん。伝える人と受け継ぐ人がいないとダメだもんね」

「それもあるし、今の時代はどうしたってコスト削減のための大量生産が主流。どれだけ歴史や技術があっても、こういう手間暇を掛けるハンドメイド品はなにかと難しいからな」

かつて、俺たちが生まれるずっと前の時代。

日本のものづくりは熟練した職人技術の支えや、繊細な作業を得意とする日本人の気質が評価され、世界で誇れるほどの技術力を持っていたらしい。

だが近年、労働人口の減少や低コストで生産できる新興国の台頭で状況は一転、日本の技術力を支えていた中小企業が倒産すると共に技術力まで失われてしまった。

そんな話を社会の授業の時、先生が教えてくれたのを覚えている。

今の時代、文化や技術を残すのは並大抵の努力では足りない。

「微々たる協力だと思うけど文化継承のために買おうかな」

「そうだね」

真面目《まじめ》な話は理由の一つで、実際は気に入ったからの方が大きいんだけど。

他にどんな商品があるのか期待しながらお店の奥へ足を進める。

すると期待は良い意味で裏切られた。

「すごいな……」

まさに圧巻の光景という言葉が相応《ふさわ》しい。

店内は色とりどり、様々な商品で溢れていた。

「色々な物があるんだね」

葵さんも言葉を零すほど多種多様なちりめん細工が店内に並んでいる。

定番の小物入れや小銭入れ、巾着の他にも女性に人気のありそうなお化粧ポーチ。実用的なもの以外にもインテリアによさそうな人形やおもちゃ、動物のぬいぐるみもある。

中でも目を引いたのは、七転八起の縁起物として有名な起き上がり小法師《こぼし》。

デフォルメされた可愛らしい干支《えと》や人気の動物を模したもの。縁起物の代名詞と言っていいだるまは、それだけで十色以上のカラーバリエーションがあって選《よ》り取り見取り。

家族の干支で揃《そろ》えて買ってもいいよな、なんて思っていると。

「ねぇねぇ、晃君」

葵さんに呼ばれて顔を上げると笑顔で手招きしていた。

なにやら面白《おもしろ》い物でも見つけたんだろうか。

「気に入ったものでもあった？」

「これ見て」

葵さんが手にのせていたのは、縮緬で作られた寿司ネタのマグロだった。

赤地の縮緬に白いラインを施してスジが表現されたマグロ。それが真っ白な縮緬で作られた白米の上にのっていて、一目で寿司のマグロだとわかるクオリティの高い一品。

伝統工芸品なのに遊び心もあって面白い。

「可愛いね」

「ああ。よくできてるな」

触ってみると中に綿でも入っているのか手触りもすごくいい。

目の前の棚にはマグロの他にもサーモンやイクラやネギトロ、ハマチにウニなど。あらゆる寿司ネタが寿司下駄《げた》に載せられていて、無駄にお寿司の再現度が高すぎる。

丸い寿司桶に色々なネタが詰められている出前セットもあった。

「ついたくさん買っちゃいそうだね」

「せっかくなら全部揃えたくなるよな」

「小さな子に買ってあげたらお寿司屋さんごっこで遊べそう」

なるほど、その発想は児童養護施設に通っている葵さんらしい。

ふと以前、葵さんと一緒に行った時に幼稚園生とおままごとをしたことを思い出す。葵さんの彼氏かと聞かれてうろたえていたが、今なら胸を張って彼氏と答えられる。

とりあえず寿司ネタは検討するとして他も見てみることに。

「せっかくだし、お揃いで買いたいね」

「そうだな。普段使いできるものだといいよな」

なにかお揃いにできる物を探そうと店内を見て回る。

すると壁一面に展示されているスマホケースを見かけた。

「スマホケースか」

思わず呟きながら手に取ってみる。

俺も葵さんも同じ機種だからいいかもしれない。

そう思ったのは、葵さんの好きな紫陽花《あじさい》柄のスマホケースがあったから。

よくある背面に被《かぶ》せるタイプのスマホケースで、青色と紫色の紫陽花が描かれた縮緬が貼《は》ってある芸術的な一品。

いかにも和風な感じだから葵さんはもちろん日和も好きそう。

「葵さん、ちょっと来て」

少し離れたところにいる葵さんを呼ぶ。

「いいのあった？」

「ああ。これなんかどう？」

俺は手にしていた紫陽花柄のスマホケースを葵さんに渡す。

「素敵……」

葵さんは瞳を輝かせながら言葉を漏《も》らす。

思った通り一目で気に入った様子。

「これをお揃いにしようか。毎日使う物だしさ」

「いいと思う。そうしよ」

「日和の分も買ってお揃いにしてやりたいんだけどいいかな？」

「うん。きっと日和ちゃんもこういうの好きだよね」

「それもあるけど、きっと葵さんとお揃いだと知ったら喜ぶと思うんだ」

「私も晃君とお揃いなのはもちろん、日和ちゃんともお揃いだと嬉しい」

葵さんは快く承諾してくれ、お揃いの物は無事に決定。

他にもなにかないかと思い店内を見て回っていた時だった。

「……体験工房?」

二階へ続く階段の前に、そう書かれたポスターが貼られているのが目についた。

二階はちりめん細工作りを体験できる工房になっているらしく、店内に並んでいる商品のようなちりめん細工作りを体験できるワークショップを毎日開催。

開始は十五時四十五分からで所要時間は約一時間、一人二千円と書いてある。

店内の時計に目を向けると十五時四十分、間もなく開始だった。

「時間的にはちょうどいいし……」

なにより思い出作りにはベストじゃないか?

「晃君、どうかした?」

すると俺の様子に気づいた葵さんが声を掛けてくる。

「これが気になってさ」

「……体験工房?」

葵さんは首を傾げた後、ポスターを見つめながら口角を上げる。

「私も気になる。やってみたいね」

「よし。定員に空きがあるか聞いてみよう」

葵さんも乗り気なら迷うことはない。

近くにいた店員さんを捕まえて参加したい旨を伝えると、ちょうど次回は予約が少なく飛び込みでも参加させてもらえるとのことで、さっそく参加の手続きを済ませる。

着物をレンタルした時といい、今日は本当に運がいい。

急いでスマホケースのお会計を済ませて二階へ向かうと、階段を上った先には色々なアクセサリーが並んでいた。

「二階はアクセサリーを扱ってるんだな」

縮緬を使った可愛らしいピアスやイヤリング。

他にもかんざしや若い子が好きそうなシュシュもある。

「このシュシュ可愛い……体験工房が終わったら少し見たいな」

「ああ。そうしよう」

ゆっくり見るのは後にして奥の部屋へ向かう。

少し広めの部屋にテーブルと椅子《いす》が並べられているのを見る限り、ここが体験工房の会場らしく、テーブルの上にはピンセットやトレイなどの道具一式が置いてある。

周りの棚には体験工房で使うと思われる色々な部品が置かれていた。

「では、お時間になりましたので席にお座りください」

そうこうしているうちにワークショップがスタート。

俺と葵さんは他のお客さんと一緒に椅子に座り、エプロンを付けた講師役の店員さんから体験工房の説明と、ちりめん細工の歴史について軽く聞かせてもらった後。

まずは複数あるコースの中から作りたいものを選ぶことに。

「葵さんはどうする？」

制作コースは全部で四つ。

・ピアスコース
・イヤリングコース
・かんざしコース
・起き上がり小法師コース

「私はイヤリングにする」

「じゃあ、俺はかんざしにしようかな」

作るものが決まり、さっそく二人で制作に着手する。

俺たちがチャレンジするのは、縮緬で作った花をあしらったアクセサリー。

まずは正方形の小さな縮緬をピンセットで折りたたんで一つの花弁を作り、それを複数組み合わせて一つの花にして、イヤリングやかんざしに取り付けて作り上げる。

最初になんの花にするか決めないといけないんだが。

「やっぱり紫陽花だよな」

「うん。紫陽花にしよ」

相談する必要もなく意見は一致、紫陽花をモチーフにすることに決定。

俺たちは棚に並べられた部品の中から、紫陽花の花びらに使えそうな青色と紫色の縮緬と、葉に使う緑色の縮緬を選び、花の中央に添えるパールビーズを選ぶ。

講師に教えてもらいながらピンセット片手に作り始めたんだが……。

「これは意外と難しいな……」

思っていた以上に手先の器用さを求められて難しい。

ただでさえ使い慣れないピンセットで、しかも小さな縮緬を三角形に三回ほど折り畳んだ後にふっくらと開き、ピンセットの先で丸みのある花弁の形に整えるのは一苦労。

なんとか形を整えてから接着剤で根元を固め、ようやく一つの花弁が完成する。

言うは易《やす》く行うは難《かた》しという言葉の意味を今日ほど実感した日はない。

上手《うま》く折り畳めないし接着剤を付けすぎてダメにしてしまう始末。

自分が意外と不器用だった事実を知って軽くショック。

「うーん……」

どうしたものかと思いつつ、少し落ち着こうとひと息吐《つ》く。

葵さんの手元に視線を向けると、すでに三つほど完成していた。

「葵さん、もう三つも作ったの？」

「うん。難しいけど楽しいね」

どうやら葵さんはとても器用らしい。

新たな一面を発見して驚いたが、よくよく考えれば不思議なことじゃない。

葵さんは祖母から教えてもらったとはいえ短期間で料理を覚えたし、学園祭の時は実行委員として泉《いずみ》と一緒に和風金髪ギャル喫茶の衣装を作っていたし、その片鱗《へんりん》は垣間《かいま》見えていた。

もうずいぶん一緒にいるけど、まだまだ知らないことってあるんだな。

「よし。俺も頑張るか」

気を取り直して続きを作る。

しばらくすると必要な花弁と葉の数が揃い、接着剤で台座に固定して一つの花を形作る。

いよいよ最後の仕上げ——俺はかんざしに、葵さんはイヤリングの金属部分に紫陽花のちりめん細工を繋《つな》ぎ合わせ、なんとか無事に完成させることができた。

「まずまずってところかな」

「初めてにしては上手にできたよね」

完成したイヤリングとかんざしを手に感想を口にする俺たち。

ちゃんと作れるか心配だったけど苦労した分、感動もひとしお。

でもこういうのは作るだけではなく使って初めて完成なんだよな。

「葵さん、少しじっとしてて」

「え――？」

俺は作ったばかりのかんざしを葵さんの束《たば》ねられた髪に挿《さ》す。

自分で作った物を褒めるようでなんだが、葵さんの着ている紫陽花柄の着物と色合いがマッチしていてよく似合っていると思った。

「私のために作ってくれたの……？」

葵さんは驚いた様子で俺を見つめる。

「他にかんざしをあげる人なんていないだろ？」

「てっきり日和ちゃんのお土産にするのかなって」

「日和にはさっき見たアクセサリーコーナーから選ぶよ」

日和はそっちの方が喜ぶだろうし。

「本当にいいの……？」

「あんまりいい出来じゃないけど貰《もら》ってくれると嬉しい」

「そんなことない……ありがとう。大切にするね」

葵さんは自分で作ったイヤリングを耳に着け、巾着袋から手鏡を取り出して自分の姿を確認すると、嬉しそうに『ふふっ……』と小さく声を漏らして微笑んだ。

こんなに喜んでくれるなら頑張った甲斐があるというもの。

こうして俺たちは初めてのちりめん細工作りを楽しんだのだった。


その後、日和へのお土産を買ってから退店したのは十六時五十分頃。

まだ少し時間はあるものの、今から別の場所へ観光に行くほどの余裕はない。

俺たちは借りていた着物を返却してから駅に向かい、電車に乗って嵐山を後にする。

京都駅に着くと、班のみんなとの待ち合わせ時間まで近くの喫茶店で過ごすことにした。

「すごく楽しかったね」

窓際の席に並んで座りながら、葵さんは満足そうに口にした。

「お花見団子は美味しかったし、渡月橋から見る景色も綺麗だったし、焼きお団子セットも美味しかった。着物を着られて嬉しかったし、本当……嵐山を満喫したって感じだね」

「ああ。本当に楽しかったな」

葵さんは噛みしめるように一日を振り返る。

だけど俺は葵さんほど楽しく振り返ることができずにいた。

なぜなら、刻一刻と迫る別れを意識せずにはいられなかったから。

「今度はゆっくり祇園《ぎおん》も見て回りたいね」

「次に来る時は予定に入れような」

「うん。今から楽しみだな」

今から遠い未来の約束に瞳を輝かせる葵さん。

俺は心配を掛けないように笑顔を浮かべながら、でも胸の奥をキュッと握り締められているような感覚に襲われていて、先ほどからずっと落ち着かなくて呼吸が浅い。

時間が経《た》つほどに息苦しくなっていく理由はわかっている。


——葵さんとの時間が終わることを寂しく感じているから。


昨日の別れ際はまた明日、つまり今日会えるとわかっていたから寂しくなかったが、次に会えるのはいつになるかわからない。

年始か春休みか夏休みか、それとも大学受験が終わった後になるのか。

どちらにしても、受験生になるから気軽に会えなくなるのは間違いない。

葵さんは平気そうだけど、俺は迫る別れを前に冷静でいることができない。

それだけじゃない……次にいつ会えるかわからないのも理由だが、俺にとっては今日と同じくらい——いや、むしろ今日以上に明日も会いたいと思っているからだろう。

だから葵さんの隣で笑みを浮かべているだけで精一杯だった。

「そろそろ時間だね」

「そうだな……」

楽しい時間を短く感じるのはいつものこと。

そんなことを考えながら話しているうちにタイムリミットが訪れる。

俺たちはお店の外に出ると手を取り合って別れを惜しむ。

「今日はありがとう。楽しかったよ」

最後に精一杯の笑顔を浮かべて感謝を伝える。

無理に笑顔を作っているのがバレないようにと願いながら。

「私も楽しかった。ありがとう」

葵さんも応えるように笑顔を見せてくれた。

図らずも葵さんの手を握る自分の手に力が籠もった。

引きとめるわけにもいかず、そっと手を離しながら別れを告げる。

「じゃあ……またな」

「うん。また明日ね」

葵さんはそう言い残して俺のもとを去っていく。

その後ろ姿が見えなくなるまで見送ってから、俺も歩き出す。

直後、ふと頭をよぎった最後の言葉に疑問を覚えて足をとめた。

「……明日？」

寂しさを堪えるのに必死で聞き流してしまったが『明日』って言ったよな？

「聞き間違いか……？」

直前の記憶を思い返すが、やはり聞き間違いじゃない。

明日はお互い奈良に移動だが、観光コースは違うから初日みたいに会うことはない。

偶然どこかで出くわす可能性もゼロと断言していいほど予定はかすりもしていない。

「葵さんの言い間違いだよな」

そう納得したが、間違いじゃなかったらどれだけ嬉しいだろう。

もし明日も会えるなら、こんなに悲しいと思うことはないし遠慮することもない。

タイミングが悪く、ずっと言えずにいたことも伝えられるのに――。

無理とわかっていても、そう思わずにはいられなかった。

＊

「みんな悪い。待たせたな」

宿泊先のホテルの近くのとある路地。

今朝《けさ》、悠希《ゆうき》たちと別れた場所に着くと班のみんなの姿があった。

「俺たちも着いたばかりだから気にするな」

悠希は俺の肩をポンと叩きながら続ける。

「それで、京都デートはどうだったんだ？」

「いいってことよ。楽しく過ごせたよ。ありがとうな」

「私たちの方は先生にバレなかったから安心して」

「夏宮《なつみや》さんも、ありがとう」

そんな悠希と夏宮さんの様子を見る限り、今日は普通にしていたんだろう。

昨日は班のみんなに急遽二人きりにさせられて大変なことになっていたから、実は昨日のうちに班のみんなに『二人きりにしないでやって欲しい』とお願いをしておいた。

二人を見ているとつい余計なお世話を焼きたくなる気持ちは俺も一緒だが、今の二人にとっては極めてデリケートな問題だから下手に気を遣うと逆効果。

みんな頼んだ通りそっとしておいてくれたらしい。

「あとは何食わぬ顔してホテルに戻るだけだな」

「ああ。行こうぜ」

先頭を行く悠希たちの後ろを歩きながら思うこと。

今日はみんなのおかげで葵さんとのデートを楽しむことができた。

特に悠希と夏宮さんの協力がなければ葵さんに会うことすら難しかったと思う。

だから残りの修学旅行中は、俺が二人の関係を一歩でも進められるように協力したい。どうすればいいかはノープランだが、二人の友達として手を差し伸べてやりたい。

かつて瑛士《えいじ》と泉が俺にそうしてくれたように、今度は俺の番だろう。

そんなことを思いながら修学旅行二日目は終了した。

第五話　修学旅行三日目　前編

翌日、修学旅行三日目の朝――。

「今日と明日が勝負だな」

「そうだよね……私、頑張る！」

俺《おれ》と夏宮《なつみや》さんは出発準備を終え、みんなより一足早くエントランスに来ていた。

集合時間は九時だけどフロントの掛け時計に目を向けると八時半。

まだ三十分も早いのに二人でなにをしているかというと、打ち合わせ。

内容は言うまでもなく、夏宮さんと悠希《ゆうき》の仲を深めるための計画について。

修学旅行中に二人の関係を進められるよう力になろうと決めた俺は、そのための話し合いをするため、昨晩のうちに夏宮さんに出発前に時間が欲しいとメッセージを送っていた。

どうして悠希じゃなくて夏宮さんと話すことにしたのか？

理由は夏宮さん側について協力する方が上手《うま》くいくと思ったから。

初日の二人の様子を鑑《かんが》みても、悠希側につくより可能性は高いはず。

「チャンスは自由時間が長めの伏見稲荷大社だと思う」

「うん。私もそうだと思う」

今日の午前中は京都でも有名な伏見稲荷大社の観光。

そこで少し長めの自由時間を過ごした後、昼食を食べてから奈良へ移動して法隆寺などを観光するスケジュール。まずは伏見稲荷大社で二人の関係を一歩でいいから近づけたい。

「でも……上手くいくかなぁ」

夏宮さんはしょんぼりと肩を落とした。

いつも明るい夏宮さんに元気がないのも仕方がない。

というのも、この二日間過ごして気づいた問題が一つある。


――それは、二人きりにしてはいけないということ。


「みんなが気を遣ってくれたのに、清水寺ではあんな感じだったし……」

お互いに好意を寄せあっているのに、二人きりになると意識しすぎて上手くいかない。

特に悠希の方が致命的で、清水寺では突如二人きりにさせられたせいで恥ずかしさのあまりテンパりまくった挙げ句、俺に泣き付いて一緒に見て回ってくれと言い出す始末。

さすがに夏宮さんが不憫《ふびん》で頭を抱えたわ。

昨日は昨日で、俺が別行動をしていた時のことを聞いてみたら、みんながいたおかげでギクシャクはしなかったものの仲が進展することは一ミリもなかったらしい。

相思相愛とはいえ、きっかけがなくて素直になれないなんて話はよく聞く。

二人の場合、長年かけて積み上げた幼馴染みという関係が邪魔をしているのは明らかで、人によっては憧《あこが》れの関係が二人にとっては障害になってしまっている。

「なんていうか……ままならないなぁ」

「ままならないよねぇ……」

思わず二人揃《そろ》って乾いた笑いを浮かべながら虚空を見つめる。

結論、二人きりはダメで、かといってみんながいてもダメ。

となれば方法は一つ、間を取るしかない。

「俺と夏宮さんと悠希、三人で行動するのが一番だろうな」

つまり二人の気持ちを知る俺だけが行動を共にする。

悠希も気持ちを知る俺が一緒にいる分には変に緊張しないだろう。

なんだろう……若い人にお見合いを勧めまくる地元の世話焼きおばちゃんの気分。

やっていることは大差ないんだろうけど、自分が似たようなことをしていることに驚く……

まぁ、浅宮泉《あさみやいずみ》という名の世話焼きおばちゃんのお世話になってきたからだろうな。

世話を焼かれた経験が生きるなんて、泉に感謝しないといけない。

とりあえず泉に『ありがとう』とだけメッセージを送ると『どういたしまして！　困ったこ

とがあれば相談に乗るからね。夏宮さんにもよろしく♪』と送られてきた。

文面を見る限り俺が二人のことでお礼を言っていると察したらしい。

感謝の言葉だけで事情を察するとかエスパーすぎるが頼もしい。

「ごめんね。私たちのことで晃《あきら》君に迷惑かけて」

「迷惑なんて言うなよ。俺だって協力してもらったしさ」

それでも夏宮さんは申し訳なさそうに眉《まゆ》を下げる。

「気持ちはわかるけど、俺たち友達だろ？」

「晃君……」

我ながらクサい台詞を言っていると思う。

これは何事も照れもせずに語る瑛士《えいじ》の影響だろうな。

いや、違う……泉や瑛士だけじゃない。

葵《あおい》さんもそうだし、転校前の高校のクラスメイトたちもそう。

みんなのおかげで昔のように友達関係を諦《あきら》めなくなり、変わらない関係があることを信じられるようになり、友達を大切に思えるようになったから言えること。

今度は俺が友達の力になる理由なんてそれだけで充分だろう。

「だからさ、こういう時は遠慮なく頼っていい」

「うん。ありがとう」

夏宮さんは困り顔から一転、ようやく笑顔を見せてくれた。

「そうそう、そうやって悠希の前でも笑顔でいてやればいい。男は好きな女の子の笑顔が見られるだけで幸せを感じて、嫌なことも頑張れるくらい単純な生き物なんだから」

なんて言ったら世の男性たちに怒られそうだが実体験だから許してくれ。

「よし、じゃあ具体的な話だが――」

その後、俺と夏宮さんは集合時間まで色々話し合った。

なるべく二人の会話が盛り上がるようにアシストするとか、俺は一緒にいるけどいい感じになったら一歩引いて見守っているとか、チャンスがあったら手を繋《つな》いでみようとか。

これといった名案は浮かばないものの、自分の経験を思い出しながら考える。

次第に話は『そもそも悠希ちゃんが奥手すぎるの！』と文句に変わり、その意見については俺も完全同意だと頷《うなず》くと『私はいつでもウエルカムなんだから手を出してよ！』と、思いのほか大胆な覚悟が決まっていることまでカミングアウトする夏宮さん。

打ち合わせというよりも、もはや悠希への愚痴と夏宮さんの想《おも》いの暴露大会。

悠希には悪いが今は気持ちを吐き出すくらいがちょうどいいだろう。

そんな感じでテンションを上げていく夏宮さん。

「二人とも早いな」

気づけば集合時間の五分前。

悠希やクラスメイトが集まってきた。

「二人でなにを話してたんだ？」

「お互い準備が早く終わったから世間話をしてたんだ」

「昨日の葵さんとのデートのお話とかね」

夏宮さんは咄嗟《とっさ》に話を合わせ笑みを浮かべる。

なかなかの演技派、これだけ見ても夏宮さん側について正解だろう。

「俺も昨日の件は聞かせて欲しいな。混ぜてくれよ」

「もちろん聞かせてやりたいが時間だ。続きはバスの中でな」

集合時間になり、俺たちはみんな揃ってバスに乗り込む。

こうして最初の目的地、伏見稲荷大社へと出発した。

＊

改めて、伏見稲荷大社といえば老若男女問わず人気のある観光スポット。

全国に約三万社あると言われている稲荷神社の総本宮で、国内の観光客だけではなく海外からの観光客にも大人気。年間の参拝者数は京都でもぶっちぎりの第一位を誇るらしい。

中でも最大の見どころは、どこまでも朱色の鳥居が続く千本鳥居。

それを見るためだけに多くの観光客が訪れるほど。

「さすが人気スポットだけあって人が多いな」

駐車場から大社へ向かう道中は修学旅行生と一般の参拝客で大混雑。

思わずそう零すほど、道路は大勢の人で溢《あふ》れかえっていた。

「着く前からこの様子だと参拝するのは一苦労だろうね」

夏宮さんの言う通り、まともに参拝できるか不安になってくる。

「京都屈指のパワースポットだから人が多いのは仕方ねぇよ」

「悠希はパワースポットとか、その手のことを信じるタイプなのか？」

「信心深い方じゃねぇけど、誰《だれ》だってご利益《りやく》にあやかりたいことくらいあるだろ？」

いつも快活な悠希にしては妙に言葉の歯切れが悪い。

どんなご利益を期待しているかは聞くまでもないが、伏見稲荷大社の御祭神は五穀豊穣・商売繁昌の神様としてはもちろん、実は縁結びのご利益が強いことでも知られている。

新しい出会いを呼び寄せてくれるだけではなく、家族や友人など、すでにある縁をより強くし結び付けてくれるご利益があるらしい。

それを知ってか知らずか、期待するくらいには夏宮さんを意識しているんだろう。

「さあ、早く行こうぜ」

「悠希ちゃん、待って」

そんな二人の後を一歩下がって付いていく。

すると眼前に大きな鳥居が見えてきた。

「おお……かなり迫力があるな」

入り口には大きな朱色の鳥居が立ち、その右側には伏見稲荷大社と彫られた石柱。

石畳の敷かれた参道が真《ま》っ直《す》ぐに続く先には、もう一つ大きな鳥居と鮮やかな朱色が美しい楼門が立っていた。

白い石畳と朱色の鳥居、空を見上げれば雲一つない青空とのコントラストが美しい。

息を呑《の》むほど神秘的な光景が広がっていて図らずも足をとめて見惚《みと》れる。

「なんかもう、ここに来ただけでご利益がありそうだな」

思わず参道に入る前からそんな感想が漏《も》れた。

「これならご利益の一つどころか、二つ三つは期待できそうだな」

「もう、あんまり欲をかいたら神様に怒られちゃうよ」

「わかってるよ。冗談だって」

さっそく参道を進み、二つ目の鳥居と楼門を通り抜ける。

稲荷神社なだけあって境内のあちこちにおいなりさんこと狐の像を見かける。

本殿にやってくると、想像通りどころか想像をはるかに超える参拝客の姿があった。

参拝客の列に並んで待つこと十分後――俺たちの順番が回ってくると、お賽銭を入れてから三人並んで二礼二拍手一礼、深くお辞儀をしてから手を合わせる。

瞳《ひとみ》を閉じて各々願い事を心の中で思い浮かべた。

悩むことはなく、俺の願いは二つ。


――葵さんとこれからも良好な関係を続けられますように。

――そしてもう一つは、隣の二人の願いが叶《かな》いますように。


お参りを終えてゆっくりと目を開ける。

隣の二人は真剣な表情を浮かべながら手を合わせていた。

「……よし」

しばし見守っていると、悠希が小さく呟いてから目を開けた。

「もういいのか?」

「ああ。梨華《りか》も大丈夫か?」

「うん。大丈夫」

「じゃあ、お守りを見に行こうぜ」

「あそこで売ってるみたいだよ」

俺たちはお守りを買いに本殿の左側にある授与所へ。

ここも大勢の人がいて、その隙間《すきま》から覗《のぞ》くと様々なお守りが並んでいる。

定番の健康長寿、無病息災、商売繁昌、厄除けや交通安全のお守りの他、ストラップ型のお守りやステッカー型のお守りなど、色々なタイプのお守りがあって面白《おもしろ》い。

中には少し変わった千本鳥居を模したお守りもあった。

「さて、どれを買おうか……」

「そうだね。どれにしよっか……」

二人とも悩んでいるふりをしているが、その視線は縁結びのお守りに一点集中。

伏見稲荷大社の縁結びのお守りはカードタイプで、縦に『命婦《みょうぶ》えんむすび守』と書かれた文字の両側に、向かい合う二匹の狐のイラストが描かれていた。

「「………」」

いや、買えばいいじゃん。

むしろ買うことが告白の口実になるだろ。

『悠希ちゃんも縁結びのお守り買うの?』『梨華も買うのか?』『うん。悠希ちゃんは誰と縁を結びたいの?』『そんなの……梨華に決まってるだろ』『悠希ちゃん……好き!』

ベタだけど、こんな感じになる気がする。知らんけど。

そう思えるのは今の俺が当事者じゃないからで、気になる相手の前で縁結びのお守りが買えない気持ちもわかるから、もうなんていうか心の底からやきもきしまくる。

こういう感情をじれったいって言うんだろうか？

「あ、晃はどれを買うんだ⁉」

悠希は間がもたなくなったのか、唐突に話を振ってきた。

「とりあえず学業成就と、縁結びかな」

「縁結びって、晃は葵さんがいるから必要ないだろ」

「ここの縁結びのお守りは新しい縁を結ぶだけじゃなくて、今ある縁――つまり友達や恋人との縁をより強く結ぶご利益があるんだってさ。もっと良い関係になれるようにって」

「へ、へぇ……詳しいんだな」

俺が詳しいのはいつもの如《ごと》くネットで調べたから。

それはさておき、なぜか悠希は微妙な感じで言葉を濁す。

理由はともかく、俺としては絶好のパスを出したつもりだったんだけど。

「やっぱり俺たちは学生だし、来年は受験だし、学業成就のお守りだろ」

「そ、そうだよね。じゃあ私も……」

ひよって学業成就のお守りを買う二人。

「……はぁ」

その後ろでクソでか溜《た》め息《いき》を吐く俺。

「さぁ、次に行こうぜ」

悠希はそう言いつつも後ろ髪を引かれている様子。

仕方がないな……。

「俺はお手洗いに寄ってくから二人は先に行っててくれ」

「わかった。ゆっくり歩いてるから慌てずにな」

「ああ。ありがとう」

授与所を後にする二人を見送り、俺はお手洗いに行かずに一人残る。

「全く、世話が焼ける。すみません――」

俺は売り子のお姉さんから縁結びのお守りを三つ購入。

一つはもちろん自分用だが、残りの二つは察してくれ。

財布にしまってから急いで二人に追いつく。

「おう、早かったな」

「ああ。トイレが空いてたんだ」

適当に誤魔化《ごまか》しながら、三人で本殿の奥へと進んでいく。

いくつか階段を上った先に現れたのは伏見稲荷大社の見どころの一つであり、テレビやSNSでもよく見かける、伏見稲荷大社の名物ともいえる千本鳥居。

視界の遥か先まで朱色の鳥居が連なり続けていた。

「すごいな……」

「うん。なんだか吸い込まれちゃいそう」

悠希と夏宮さんは思い思いに感想を漏らす。

まるで別の世界に繋がっているような神秘的な雰囲気が漂っていた。

「でも、なんでこんなにたくさん鳥居が並んでるの？」

「確かに、さすがにこの数は常軌を逸してるよな」

おそらく足を運んだ人なら誰もが抱く疑問。

それに答えたのは意外にも悠希だった。

「鳥居ってのは通るものだろ？　江戸時代以降、願い事が『通るように』って願望や、願い事が『通った』ことに対する感謝の意味を込めて鳥居を奉納することが広まったらしい」

つまり鳥居の数は、おおよそ人々が願った数と叶った数ということ。

人の願いはいつの時代も尽きることがないという証拠そのもの。

「悠希ちゃん、詳しいんだね」

「ネットの受け売りだよ。さぁ行こうぜ」

俺もネットで調べていたが、そこまでは知らなかった。

よほどしっかり調べた証拠だろうと思ったが、それなら悠希が縁結びのお守りのご利益を知らなかったのは不自然だと思いつつ……言葉を濁していた姿を思い出す。

急遽浮上する『わかっていたけどすっとぼけていた』疑惑。

「俺の顔になにか付いてるか？」

「いや。なんでもない」

もしかして俺が余計なことを言って意識させたせいか？

「ならいいけどよ」

……なんか悪かったな。

首を傾げる悠希に心の中で謝りながら、二人に続いて千本鳥居をくぐる。

すると坂道のせいか少しずつ夏宮さんのペースが落ちていることに気づいた。

「悠希、少しゆっくり行こう」

悠希は振り返り、すぐに言葉の意味に気づいたらしい。

「梨華、大丈夫か？」

「ごめんね。歩くのが遅くて」

夏宮さんは疲れの色を浮かべながらも笑顔で答える。

「こういうのは自分のペースで上るのが大切だ。ゆっくり行こう」

「うん。ありがとう」

悠希は夏宮さんの隣で寄り添うように歩調を合わせて歩いていく。

手を繋ぐなら今だろ！

なんてやきもきしつつ、二人を見守りながら思うこと。

こうして周りの目がなく意識していなければ、悠希は夏宮さんに優しくできる。だが意識した途端に、初めて恋した素直になれない小学生みたいになってしまう。

普通にしていれば本当、お似合いのカップルにしか見えないんだけどな。

そうこうしているうちに千本鳥居の先にある奥社奉拝所に到着。

「ここで終わり？」

「いや、まだまだ山の奥まで続いてる。でも全部回ろうとすると二時間コースらしいから、大抵ここで引き返すか、もう少し先にある三ツ辻経由で下る人が多いらしい」

「じゃあ、その三ツ辻まで行ってみる？」

「そうしよう。でも、その前に――」

悠希は奉拝所の右奥に視線を向ける。

「あそこにある、おもかる石を触ってから行こうぜ」

「おもかる石？」

悠希の視線の先に目を向けると、石垣の前に二つの石でできた灯籠が並んで立っている。間には木製の立て看板が立てられていて『おもかる石』と書いてあり、灯籠の前に立っている観光客は灯籠の上に載っている丸みを帯びた石を一喜一憂しながら持ち上げていた。

「悠希ちゃん、あれはなにをしてるの？」

「一言で言えば占いみたいなものだな」

「占い？」

「あの石を持ち上げて、思っていたよりも軽く感じれば願いが叶うと言われていて、逆に重く感じると叶えるために努力が必要なんだってさ。せっかくだし、やっていこうぜ」

「そうだね」

さっそく観光客の列に並ぶこと数分後、俺たちの順番がやってくる。

二人は並んでおもかる石の前に立つと真剣な表情を浮かべて手を添えた。

「「…………」」

本殿でお参りした時と同じく妙に真剣な表情の二人。

せーのと声を合わせ、おもかる石を持ち上げた。

「二人とも、どうだった？」

「まぁ……想像したよりは軽かったな」

「重かったけど、私も思ったよりは軽かった……かな」

「晃もやってみろよ」

「ああ」

言われるままに灯籠の前に立って石を持ち上げてみる。

「うん……まぁ思ったよりは軽いな」

「みんな願いが叶うってことだな」

まぁこういう場合、重かったとは言わないよな。

なんて野暮《やぼ》なことは言わないでおこう。

「それで、悠希と夏宮さんはなにを願ったんだ？」

俺はわかりきっているのにすっとぼけて聞いてみる。

もちろん俺としてはパスのつもりだったんだが。

「ね、願いは人に言うもんじゃねぇだろ！」

悠希は顔を真っ赤にしながら声を荒《あら》らげて先を行く。

残念ながら本日二度目のパスも空振りに終わってしまった。

「俺たちも行こうか」

「うん」

こうして俺たちは悠希を先頭に奥社奉拝所を後にして三ツ辻へ向かう。

どこまでも続く鳥居の景色は変わらないが、山の中を歩いているため道の傾斜は次第にきつくなっていく。途中階段もあり、地味に足腰への負担が大きくてしんどい。

運動不足を痛感しながら山道を歩いていると。

「……あれ？」

ふと振り返り、あるはずの姿がないことに気が付いた。

「悠希――！」

前を歩いていた悠希が振り返る。

「どうかしたか？」

「夏宮さんがいない」

瞬間、悠希は顔色を変えて駆け寄ってくる。

「いつから？」

「わからない。悪い、もっと早く気づいていれば」

責任を感じずにはいられなかった。

夏宮さんが奥社奉拝所に向かう途中から疲れていることには気づいていたし、俺ですら結構きついと感じていたんだから、夏宮さんがもっときついのは想像に容易《たやす》い。

女の子に後ろを歩かせたりせず、俺が後ろを歩くべきだった。

「晃は悪くない。俺が先に行きすぎたせいだ」

いや、それでも俺に責任がある。

悠希にパスを出したつもりが結果的にからかう形になってしまったせいで、悠希は照れて一人先を行ってしまったんだから。

「責任を感じ合っていても仕方がねぇ。探しに戻ろう」

「ああ」

俺たちは急いで来た道を引き返す。

すると数人の男に囲まれている夏宮さんを見かけた。

「悠希、あれ――」

「なんだ、あいつら……」

見慣れない制服を着ている辺《あた》り、俺たちと同じ修学旅行生だろう。

近づくにつれて聞こえてくる『キミ、どこの高校?』『よかったら俺たちと一緒に見て回らない?』『ねぇねぇ、連絡先教えてよ』なんて会話から察するに明らかにナンパだった。

「……こんな場所でナンパとか、いくらなんでも不届きすぎるだろうが」

腹の底から怒りが込み上げる。

同じ男として、夏宮さんくらい可愛《かわい》い女の子が一人でいたら声を掛けたくなる気持ちは理解してやれるが、怯《おび》えているとわかっていながら数人で囲むやり方は理解できない。

なによりその子は、俺の親友の好きな女の子。

「おい、おまえら――」

「俺の連れを気安くナンパしてんじゃねぇ!」

俺が声を掛けるより早く悠希の怒声が辺りに響く。

ナンパ男だけではなく傍にいた観光客が一斉に息を潜めた。

「……悠希ちゃん？」

「置いていって悪かったな」

悠希は夏宮さんを庇《かば》うようにナンパ男たちの前に立ちふさがる。

「なんだおまえ、この子の知り合いか？」

「連れだって言ってんだろ。ナンパなら他を当たれ」

「あん？　別に俺たちが誰に声かけようが勝手だろ？」

「連れってなんだよ。彼氏じゃないなら引っ込んでろ」

過去、葵さんが何度かナンパされていた時のことを思い出す。

なんでナンパを邪魔された奴《やつ》らは、どいつもこいつも似たような台詞しか言えないのか。

なんて疑問はさておき、今回ばかりは俺の出番はないらしい。

「おまえらの言う通り彼氏じゃねぇが、大切な幼馴染みなんだよ」

「悠希ちゃん……」

「どうする？　これ以上しつこくするなら相手になるが、お互い修学旅行中に他校の生徒ともめたとなれば大事だろうな。修学旅行中に強制帰宅だけで済めばまだマシだが、最悪停学処分もあり得るか。俺は構わねぇが、おまえらにその覚悟があんのか？」

こんなに怒っている悠希を見るのは初めて。

冷静さを装っているだけで明らかな敵意と覚悟を持って相手を睨《にら》む。

悠希の言う通り、こんな場所で喧嘩《けんか》をしたとなれば教師に怒られるだけでは済まない。場合によっては警察の厄介になる可能性もあり、そうなれば修学旅行どころじゃない。

相手も悠希の言葉が本気だと察したんだろう。

「……うざっ。女一人のためになにマジになってんだよ」

「女一人のためにマジになれねぇなら声なんて掛けるんじゃねぇ」

ナンパ男たちは捨て台詞を一蹴され、返す言葉もなく去っていった。

「梨華、大丈夫――」

悠希が振り返った瞬間だった。

夏宮さんが悠希の胸に飛び込んだ。

「梨華……？」

よほど怖かったんだろう。

悠希のシャツを握り締める夏宮さんの手が震えていた。

「……一人にして悪かったな」

「私の方こそ迷惑かけてごめんね」

夏宮さんは申し訳なさそうに表情を歪《ゆが》める。

「迷惑なんてことはない。梨華が無事ならそれでいい」

人目も気にせず夏宮さんの肩をそっと抱く悠希。

なにはともあれ、夏宮さんが無事で本当によかった。

二人の姿を見守りながら、俺は安堵《あんど》に胸を撫でおろしていた。


その後、伏見稲荷大社を後にした俺たちはバスで奈良へ向かった。

法隆寺をはじめ奈良を代表する観光地をいくつか見て回っている最中、伏見稲荷大社での出来事があったおかげか、悠希と夏宮さんの間に流れる空気に変化を感じていた。

それは同じ班のみんなも感じていたらしいから間違いない。

だが、さらに踏み込んだ関係に進むには今一つ足りない。

二人を見ていて、そう思った。

第六話 修学旅行三日目　後編

その日の夜、宿泊先のホテルで夕食とお風呂《ふろ》を済ませた後——。

俺《おれ》はエントランスのソファーに座り、ホテルの近くにあったコンビニで買ってきたショートケーキを食べながら修学旅行最後の夜を一人で過ごしていた。

「気づけば明日が最終日か」

修学旅行に限らず、いつも旅行に行く度に思うこと。

楽しい時間というのは嫌になるほど過ぎるのが早い。

「いい修学旅行だったよな……」

振り返るには少し早いが、そう自分に言い聞かせる。

葵《あおい》さんと二日続けて会えたし、二日目は嵐山《あらしやま》で一日デートをすることができた。違う高校に通っているのに高校生活最大のイベントを一緒に過ごせたのは奇跡のようなものだろう。

欲を言えば今日こそ会いたかったし、無理だとわかっていても期待していた。

「まぁ……現実はケーキほど甘くないよな」

なんて思いながらケーキを口に運ぶ。

「ごちそうさまでした」

ケーキを食べ終え、ゴミを袋に片付けながら頭の中を切り替える。

いつまでも今日という日を引きずっている場合じゃない。

「あと一日、やり残したことは一つだけ——」

それは悠希《ゆうき》と夏宮《なつみや》さんの仲を進展させてあげること。

しかしどうして、これがなかなか難しいのは今日の二人を見ての通り。

伏見稲荷大社の一件で二人の関係にわずかながら変化が見て取れたものの、さらに踏み込んだ関係——具体的に言えば、恋人同士になるためには今一歩足りていない。

なにが足りないかはわかっている。


——それは、お互いの意識を変えるためのきっかけ。


友達だと思っていた異性に好意を抱く瞬間や、身近すぎる幼馴染みを一人の異性だと意識する瞬間には、なにかしらきっかけになるような出来事がある場合が多い。

ベタな例えでいえば、不良少年が捨て猫に優しくしている瞬間を見てギャップにときめいたり、自分以外の異性と仲良くしている姿を見て嫉妬《しっと》している自分に気づいたり。

派手なきっかけではなくても心や感情が震える瞬間がある。

もちろん俺にもあった。

最初に葵さんを意識したきっかけは、葵さんが初恋の女の子だと思い出した時。

葵さんへの想《おも》いを恋心だと自覚したのは学園祭の夜、屋上で一緒に花火を見た時だったが、最初に一人の女の子として意識したのは間違いなくあの瞬間だった。

あれから俺は長い時間を経て葵さんへの恋心を自覚していき、お互いの成長を実感したことが最後の後押し——つまり、きっかけとなって告白する決意が持てた。

悠希たちはすでに恋心を自覚しているから、あとはきっかけ次第。

「ナンパ男から助けたのが、きっかけになると思ったんだが……」

今一つなり得なかったのは幼馴染みという関係性だからだろう。

幼い頃から家族ぐるみで一緒にいるのが当たり前で、お互いに困っていたら助け合うのが当然だった二人にとって、あれは日常の延長のようなもの。

もし友達同士だったら確定フラグたり得る後押しになったはず。

「幼馴染み同士は難しいってのは、どうやら本当らしいな」

世にある漫画や小説のラブコメ作品において、幼馴染みヒロインが得てして不遇な扱いを受けてしまうのも仕方がない。

ゼロの状態から関係を築き上げるよりも、一度出来上がってしまった関係性を壊して新たに築き上げる方が圧倒的に難しい。

「どうしたもんかな……」

思わずソファーに寄り掛かりながら天井《てんじょう》を見上げる。

その後もあれこれ考えていると気づけば時刻は二十時半。

答えは出ていないが、そろそろ部屋に戻ろうと思った時だった。

「ん……？」

手にしていたスマホに一通のメッセージが届く。

「こんな時間に誰《だれ》だろうと思いながら確認する。

「葵さんから——え？」

通知を開いてメッセージを確認した瞬間だった。

目にした内容に疑問の声が漏《も》れた。

——今から少しだけホテルの外に出てこられる？

一瞬、メッセージの意図が理解できずに思考がとまった。

いや、違う……正確には理解しているのに信じられず身体が動かない。

まさかと思いながらエントランスから出入り口に視線を向けると、そこには見間違えるはずもない——ホテルの入り口から中の様子を窺《うかが》っている葵さんの姿があった。

思わず立ち上がって出入り口へ向かう。

葵さんは俺に気づいて笑顔を浮かべた。

「晃《あきら》君、早かったね」

葵さんはいつもの笑顔を浮かべて口にする。

疑いようがないのに葵さんがいることが信じられない。

「エントランスにいたから……それより、なんで葵さんがここに？」

「どうしても晃君に会いたくてホテルを抜け出してきちゃった」

葵さんは悪戯っぽい笑みを浮かべて答えた。

「それは嬉《うれ》しいけど……」

にやけるのを我慢できないくらい嬉しいけどさ。

「こんな時間にホテルを抜け出して大丈夫なの？」

「たぶん大丈夫だと思う。泉《いずみ》さんと瑛士《えいじ》君が先生にバレないように協力してくれてるから、きっと上手《うま》くやってくれてると思う。でも、もしバレたら怒られちゃうね」

「葵さんはクラス委員だから怒られるだけじゃ済まないんじゃ……」

「そうだね。でも、バレて怒られたとしても晃君に会いたかったの」

「どうして、そこまでして会いに来てくれたの？」

「あそこのベンチに座ってお話ししよ」

するとと葵さんはホテルの出入り口近くにあるベンチを指差す。

二人で並んでベンチに腰を掛けると、葵さんは手にしていた箱の中から苺の載ったショートケーキを二つ取り出して一つを俺に差し出した。

「……ケーキ?」

俺が首を傾げると同時だった。

「晃君、お誕生日おめでとう」

葵さんは穏やかな笑みを浮かべながら、まさかの言葉を口にした。

驚きのあまり、返す言葉と一緒に息をすることまで忘れる俺。

「……どうして知ってるの?」

しばらくしてから思い出すように疑問の言葉を口にする。

確かに今日、十月二十七日は俺の十七歳の誕生日。

でも俺は葵さんに誕生日を教えていない。

「瑛士君に教えてもらったの」

「瑛士から?」

「瑛士君と泉さんに、修学旅行先で晃君と会いたいから協力して欲しいって相談した時に『晃の誕生日だから?』って聞かれたの。二人とも私が晃君の誕生日を知ってると思ってたみたいで、知らないって言ったら驚いてたけど、それで今日が晃君のお誕生日だって知ったんだ」

つまり葵さんは修学旅行直前に意図せず俺の誕生日を知ることになり、こうして先生に怒られるリスクを冒してまでお祝いに来てくれたということ。

心から嬉しくて、驚きと感動で胸が震える。

その半面、申し訳なくも思ってしまった。

「ごめん……隠してたわけじゃないんだ」

「謝らないで。ちゃんとわかってるから」

葵さんは謝る俺の手をそっと握る。

「私のために黙っていてくれたんだよね」

「葵さん……」

「去年の今頃《いまごろ》、私はお母さんのところに帰ってたから」

そう、ちょうど一年前のこの時期——。

学園祭の準備をしていた俺たちの前に、葵さんの母親が現れた。

母親は葵さんにもう一度やり直そうと言ったが、本音は葵さんの養育費が目的。

それをわかった上で葵さんは母親のもとへ帰り、結局は望むような結果は得られなかったけど……そんな折、俺は誕生日を迎えていたものの葵さんに言えるはずもない。

あれ以来、伝えるタイミングを失ったまま一年が過ぎてしまった。

「去年は私の事情で一緒にいてあげられなかったから、今年はどうしても晃君のお誕生日をお祝いしたかったの。先生にバレて怒られてもいいからって」

ふと昨日の別れ際、葵さんの言った言葉が頭をよぎる。


――また明日ね。


「だから昨日『また明日ね』って言ったの？」

「うん。今日も会うつもりだったから」

やっぱり、そういうことだったのか。

「言い間違いだと思ってたよ」

「ふふっ。びっくりした？」

思わず体中から力が抜けていく。

「間違いなく人生で一番のサプライズだよ……」

そんな俺を見て葵さんは悪戯っぽい笑みを浮かべた。

「でも、そうか……」

状況を理解し、安堵《あんど》の息が漏れると同時に目の奥が熱くなる。

彼女が自分の誕生日を知ってくれていて、修学旅行中にも拘《かか》わらず、しかも教師に怒られるかもしれないとわかっていながらお祝いに来てくれた。

こんなの嬉しいに決まっているし感動するに決まっている。

込み上げてくる感情で視界が滲《にじ》むのがバレないように必死に堪える。

「でも、ごめんね。実は誕生日プレゼントの用意が間に合わなかったの」

葵さんは申し訳なさそうに声のトーンを落とした。

「買いに行く時間がなかったわけじゃないんだけど、その……彼氏にプレゼントを選ぶのが初めてだから悩んじゃって。そうこうしてるうちに修学旅行当日を迎えちゃって……あとで必ず用意するから、今日はケーキだけで許してくれる？」

「こうして会いに来てくれただけで充分だよ」

数分前まで今年の誕生日は絶対に会えないと思って諦《あきら》めていた。

だから、葵さんに会えたこと以上のプレゼントなんてない。

「ケーキ食べよっか」

「ああ。そうだな」

秋の少し冷え込んだ星空の下、一緒にケーキを食べる俺たち。

不思議だよな……こうして好きな人と食べているだけで、さっき一人で食べたショートケーキより何倍も美味《おい》しく感じるんだから。

「ところでさ、葵さんの誕生日はいつなの？」

実は俺も葵さんの誕生日を知らない。

今度は俺がお祝いしたいと思って尋ねると。

「五月五日だよ」

「え……」

まさかの回答に言葉を失くす。

……とっくに過ぎてるじゃないか！

「私も言ってなかったから気にしないで」

俺がよほど絶望的な顔をしていたからだろう。

葵さんはフォローするように優しく言ってくれた。

「私も伝えてればよかったんだけど、去年は晃君と出会った時、もう誕生日を過ぎてたし、今年は転校して間もないからバタバタしてると思って言い出せなかったの」

なんということだろうか。

お互いに気を遣い合った結果、誕生日を知るのに一年半も掛かってしまった。

もっと早く切り出す機会があればよかったと思ったが、お互いに気遣い合った結果だと思えば悲観するようなことでもない。

この先お祝いする機会なんていくらでもあるんだから。

「お互い、まだまだ知らないことってあるんだな……」

「うん。これからゆっくり知っていこうね」

「そうだな」

でも、その前に――。

「葵さんの誕生日は過ぎたけど、俺にもお祝いはさせてよ」

「ううん。気にしなくて大丈夫だよ」

「そんなわけにもいかないって。なにか欲しい物とかない？」

「うーん……」

葵さんは顎《あご》に指を当てて考える。

「あっ……」

するとなにか思いついた感じで声を上げる。

夜の暗がりの中でも頬《ほお》を染めるのが見て取れた。

「じゃあ……一つだけお願いしていい？」

「ああ、なんでも言ってよ」

葵さんは恥ずかしそうに一度俯《うつむ》くと。

「たまにでいいから『葵』って呼んでくれる？」

上目遣《うわめづか》いでおねだりするように言った。

「たまにもなにも、いつも呼んでるだろ？」

「そうじゃなくて、その……」

なにやらいつも以上にモジモジしている葵さん。

「葵の後ろに『さん』を付けないで呼んで欲しいの」

「え――――⁉」

まさかのお願いだった。

「呼び捨てってこと？」

「うん。ダメかな……？」

「いや、ダメじゃないけど……どうして？」

「いつも瑛士君が泉さんのことを泉って呼んでるのを聞いてて、好きな人に名前だけで呼ばれるのって特別な感じがしていいなって思ってたの。なんか……恋人っぽいなって思って」

なるほど……言われてみると確かにその通り。

泉は瑛士を君付けで呼んでいるが、瑛士は泉を名前だけで呼んでいる。

「そんなことでよければ、もちろんいいよ」

「本当？　じゃあ呼んでみてくれる？」

少し照れくさい気はするが呼んでみる。

「葵、誕生日に会いに来てくれてありがとぅ……」

言いながら恥ずかしくなって語尾が尻《しり》すぼみ。

体温が急激に上がって耳まで熱くなるのを自覚する。

少しどころじゃなかった……めちゃくちゃ恥ずかしいぞこれ！

「う、うん……」

葵さんも思った以上に恥ずかしかったらしい。

さらに顔を真っ赤《まっか》にして俯いた。

「嬉しいけど、慣れてないから恥ずかしいね」

「あ、ああ……少しずつ慣れていこう」

「そうだね」

今が秋で少し肌寒いくらいで助かった。

夏だったら汗だくになっていたに違いない。

「改めて思ったけど、お互いの呼び方って大切だな」

「うん。大切だよ」

葵さんは噛《か》みしめるように口にする。

「前にも私を名前だけで呼んでくれたことがあったの、覚えてる？」

「ああ。覚えてるよ」

あれは去年の夏休み、みんなで行った夏祭りのこと。

葵さんがナンパされていたのを助けた時、思わず名前だけで呼んでしまった。

あとから思い出して恥ずかしさのあまり悶《もだ》えていたが、突っ込まれることはなかったから安心していたのに、一年以上の時を経て羞恥《しゅうち》プレイをさせられるとは夢にも思わない。

やばい……思い出したら当時の記憶と一緒に恥ずかしさがフラッシュバック。

「たぶん、あの時……初めて晃君のことを異性として意識したんだと思う。それくらい私にとって大切なことだったから、また名前だけで呼んでもらえて嬉しい」

直後、葵さんの言葉が頭の中で繰り返される。


——名前だけで呼ばれたことが、異性として意識するきっかけになった。


「それだ——！」

思わず声を上げる。

葵さんの言葉が悩み続けていた問題に答えを示してくれた。

これが悠希と夏宮さんの関係を一歩進める方法になるかもしれない。

「葵さん、ありがとう！」

感謝のあまり思わず葵さんの両手を取って感謝を告げる。

当然、葵さんはわけがわからず困惑した表情を浮かべていた。

「ごめん、突然。嬉しくてつい」

「ううん。よくわからないけど力になれたのかな？」

力になれたどころの話じゃない。

「実はさ――」

それから俺は、葵さんに悠希と夏宮さんのことを説明した。

二人は幼馴染みで相思相愛だけど幼馴染みという関係であるが故に、その先に進めずにいること。この修学旅行中に一歩でも前に進められるように協力していること。

色々と手を尽くしたものの上手くいかずにいたが、呼び方を変えることが二人の関係を進めるきっかけになるかもしれないと思ったことを話した。

「やっぱり二人はそういう関係だったんだね」

短い時間とはいえ一緒に過ごして気づいたんだろう。

葵さんは特に驚くこともなく納得した様子で口にした。

「なにかきっかけが必要だと思ってたんだけど、呼び方がきっかけになると思う。夏宮さんは悠希のことを小さい頃から『悠希ちゃん』って呼んでいて、悠希はそう呼ばれるのが嫌ではないけど、もう高校生だからって恥ずかしがってるんだ」

「私が名前だけで呼ばれて意識したみたいに、二人の関係にも変化が生まれるかもしれない。ううん、きっと生まれると思う。好きな人になんて呼ばれるかはすごく大切だから」

葵さんがそう思うなら間違いないだろう。

「ありがとう。葵さんのおかげだよ」

「少しでも役に立てたのなら嬉しい」

葵さんは笑顔で言うとスッと立ち上がる。

スマホで時間を確認すると、もう二十一時を過ぎていた。

「そろそろ行くね」

「ああ。本当にありがとう」

葵さんは一歩踏み出すと足をとめて振り返り。

「またね、晃――」

「え――⁉」

俺のことも名前だけで呼んでからホテルを後にした。

その姿が見えなくなるまで我慢しようと思ったが、口角が上がるのを我慢できない。

誰かに見られないように手で口元を隠しながら、それでも思わず言葉が漏れる。

「やばっ……」

呼ばれて初めて葵さんの言葉の意味を実感する。

「確かに、好きな人に名前だけで呼ばれるのは特別だわ……」

また一つ、幸せを噛みしめながら夜空を見上げる。

十七歳の誕生日は人生で最高の一日になったのだった。

＊

翌日、修学旅行最終日の朝――。

ホテルを出発した俺たちは最後の観光地である奈良公園に来ていた。

奈良公園の名前は誰しも名前を聞いたことがあり、あちこちで鹿の姿を見られることで有名だが、公園という名前が似つかわしくないほど広大なのは意外と知られていない。

その広さは総面積約六百六十ヘクタール、さすがに想像がつかなすぎる。

百聞は一見に如《し》かず、気になる人はぜひ足を運んでみて欲しい。

「さすがに広すぎるだろ……」

パンフレットを片手に俺と同じように言葉を漏らすだろう。

とはいえ奈良公園は広いだけではなく、雄大で豊かな自然の中に歴史的な文化遺産である春日大社、興福寺、東大寺などが建っており、他に類を見ない歴史のある公園でもある。

鹿に煎餅をあげて触れ合うだけではなく、ぜひ歴史と文化にも触れて欲しい。

「修学旅行の締めくくりだな。みんな行こうぜ」

悠希は先陣を切って歩き出す。

だが、その後に誰も続こうとしなかった。

「みんな、どうかしたか？」

不思議そうに首を傾げる悠希。

夏宮さんは意を決した様子で一歩前に出る。

「悠希君」

「え――？」

悠希ちゃんではなく、悠希君――。

悠希は初めての呼ばれ方に驚きの色を浮かべた。

「おいおい……悠希君なんて、どうしたんだよ」

徒《ただ》ならぬ空気を感じた悠希は困惑しながら茶化して見せる。

だが、夏宮さんの真剣な瞳《ひとみ》が揺らぐことはなかった。

「あのね……もしよかったら、私と二人で見て回って欲しいの」

「梨華《りか》……」

そんな二人の様子を見つめながら、俺は昨晩のことを思い返す。

＊

「悪いな。消灯時間直前に呼び出して」

「ううん。気にしないで」

葵さんに誕生日をお祝いしてもらった後のこと。

俺は夏宮さんにメッセージを送ってエントランスに呼び出していた。

「お話ってなに？」

「悠希と夏宮さんのことで提案があってさ」

「提案？」

「二人の関係を進める良い方法を思いついたんだ」

「本当――!?」

俺の一言に夏宮さんは目の色を変えて前のめり。

待ちきれないといった様子で俺の言葉の続きを待つ。

「二人の関係を幼馴染みから一歩進めるには、なにかきっかけがないと難しいと思ってた。でも、これから俺が言うことをすれば、それがきっかけになるかもしれない」

「教えて――」

夏宮さんは身を乗り出しながら被《かぶ》せ気味に答える。

その瞳は真剣で、藁《わら》にも縋《すが》る思いなのが見て取れた。

「どうすればいいの？」

「それは、悠希の呼び方を変えること」

「呼び方？」

夏宮さんは俺の言葉を繰り返しながら首を傾げた。

俺はきちんと理解してもらえるように丁寧に説明を続ける。

「夏宮さんにとって、悠希のことを『悠希ちゃん』って呼ぶのは当たり前のことだと思う。でも悠希が『ちゃん』付けで呼ばれることを恥ずかしがってるのは知ってるよな？」

「うん……知ってる」

「夏宮さんが悠希ちゃんって呼ぶのが親しみの表れなのはわかる。悠希も悪い気はしていないと思うけど、素直に受け取れないのが思春期男子ってやつでさ……まぁ同じ男として、みんなの前で『ちゃん』付けで呼ばれるのが恥ずかしいのは理解してやれる」

二人きりの時ならまだしも公衆の面前では俺でもきつい。

「だから、呼び方を変えるだけで意識させることができると思うんだ」

「たとえば……『悠希』とか？」

言った傍から違和感を覚えたんだろう。

「なんだかあんまりしっくりこないな……」

言葉の通り夏宮さんは複雑そうな表情を浮かべた。

「たぶん、その違和感こそが二人の関係が進まない原因なんだと思う」

「どういうこと？」

「これまで幼馴染みとして長年かけて培ってきた呼び方や接し方が、あまりにも当たり前になりすぎていて、二人が新しい関係を築く上での足枷《あしかせ》になっているんだろうな」

だから足掻《あが》くほど複雑に絡《から》まり解《ほど》けなくなっていく。

十数年かけてこじれた関係を解くことなんて不可能に近い。

「それでも前に進めたいのなら、一度二人にとって当たり前になっている足枷――それを外すんじゃなく、いっそぶっ壊して粉々にするくらいしないといけないんだろうな」

「当たり前という足枷を壊す……？」

「そのための一歩として呼び方を変えるのは効果的だと思うんだ」

夏宮さんは俺の言葉をきちんと受け取ってくれたんだろう。

理解を深めようとするかのように何度も頷《うなず》いていた。

「呼びにくいなら『悠希君』でもいいと思う」

「悠希君……うん。こっちの方が呼びやすいかな」

夏宮さんは確認するように何度も呼んでみる。

「でも本当に意識してもらえるかな？」

半信半疑なのは疑っているわけではなく不安を感じているからだろう。

夏宮さんにしてみれば、俺の言葉は根拠のない提案に思えて当然。

「そこは俺が――　いや、俺と葵さんが保証するよ」

だから俺たちが経験したことを伝えようと思った。

「晃君だけじゃなくて葵さんも？」

「実は今日、俺の誕生日なんだけどさ」

「え？　そうなの？」

突然の告白に驚く夏宮さん。

プレゼントの催促じゃないから財布から出したお金はしまってくれ。

「さっき葵さんが宿泊先のホテルから会いに来てくれて、二人でお祝いしたんだ。葵さんの誕生日もお祝いしたいからいつなのか教えてもらったら、ずいぶん前に過ぎていてさ……遅くなったけどプレゼントさせて欲しいって言ったら、名前だけで呼んでって言われたんだよ」

「どうして？」

「前に俺から名前だけで呼ばれた時、初めて異性として意識したらしくてさ。好きな人に名前だけで呼ばれるのは特別だから、あの時みたいに呼んで欲しいって」

「特別……」

「俺も葵さんに初めて『晃』って呼んでもらったんだけど、確かに特別だと感じたよ。だから夏宮さんが悠希を別の呼び方で呼べば、きっと意識させられると思う」

「晃君と葵さんがそう言うなら間違いないね」

夏宮さんは安堵の笑みを浮かべて頷く。

その笑顔を見て、俺は財布からある物を取り出した。

「慣れない呼び方をするのは恥ずかしいと思うけど、これを持って頑張れ」

「これって……縁結びのお守り？」

俺が渡したのは伏見稲荷大社で購入した『命婦《みょうぶ》えんむすび守』のお守り。

一人残って三つも買ったが、そのうちの一つは夏宮さんの分。

「二人が買いにくそうだったから代わりに買っておいたんだ」

「……晃君、ありがとう」

どこまでご利益があるかわからない。

ご利益があるとしても、神様に頼りすぎるのもよくないとわかっている。

でもせめて、頑張っている夏宮さんの背中を少しでいいから押してやって欲しい。

そう神様に願わずにはいられなかった。

＊

その後、奈良公園の自由時間に悠希を誘うことを計画。

昨日のうちに同じ班の男子には俺から、女子には夏宮さんから事情を説明。

これが修学旅行最後のチャンスになるから、二人きりで過ごせるように協力して欲しいと頼んで今に至る。

「悠希君。あのね……」

夏宮さんはもう一度伝える。

「私と二人で見て回ってくれる？」

「悠希君って……」

悠希は困惑した様子で言葉を濁す。

でも、その表情は驚きだけではなかった。

「ダメ、かな……？」

「ダメってことはねぇけど……」

すると悠希は俺に確認するような視線を向けてくる。

俺は悠希に近づき、夏宮さんにもあげた縁結びのお守りを差し出した。

「どうして、これを……？」

「夏宮さんにも言ったが、二人とも欲しそうな顔してたのに買わないから、俺が代わりに二人の分を買っておいたんだよ。困った時に神様を頼るのは悪いことじゃないと思うが、全《すべ》て神様に任せっきりじゃ、叶《かな》えてもらえるものも叶えてもらえなくなると思うぞ」

悠希ははっとした表情を浮かべる。

俺の言葉の意味を正しく受け取ってくれたんだろう。

「悠希の気持ちは……まぁ同じ男として理解してやれる。でも一歩を踏み出すなら今だと思うぞ。初日の清水寺の時みたいに意図せず二人きりになったわけじゃなく、夏宮さんが勇気を出して誘ってくれたんだ。それを受けとめられないなら男じゃない」

「晃……」

悠希はお守りを受け取ると力強く握り締める。

その表情は、どこか覚悟が決まったように見えた。

「悪いな……面倒ばかりかけて」

「いいさ。お互いさまだ」

俺にできるのはここまで。

だけど、もう俺の世話は必要ないだろう。

「じゃあ……二人で行くか」

「悠希君、ありがとう」

こうして俺たちは、その場を後にする悠希と夏宮さんを見送る。

あとは二人で頑張れ――そう心の中で呟いていた。

その後、帰ってきた二人の間には今までと違う空気が流れていた。

そう思うのは、二人とも憑《つ》き物《もの》が落ちたような笑顔を浮かべていたから。
なにがあったか知らないが、笑顔を見る限り上手くいったということだろう。
気になって仕方がないが、根掘り葉掘り聞くのは修学旅行が終わってからにしてやるか
——なんて、俺と葵さんをからかっていた泉の気持ちが少しだけわかった気がする。
なるほど、人の恋バナってやつは意外と面白《おもしろ》いものらしい。

第七話　修学旅行　最終日

こうして三泊四日の修学旅行の日程は全《すべ》て終了。

京都駅から新幹線に乗って東京駅に帰ってきたのは十七時過ぎ。

みんなが電車を乗り換えて帰宅する中、俺《おれ》は駅構内にあるカフェに残っていた。

どうして俺だけ帰らずにいるかというと、これから葵《あおい》さんと会うことになったから。

というのも、帰りの新幹線の中で葵さんとメッセージをしていたら、俺の高校も葵さんの高校も東京駅で解散ということがわかり、それなら解散後にお茶をしようという話になった。

葵さんたちの到着の方が遅いため、こうしてカフェで一人待っている。

「つまり修学旅行中、毎日会えたってことか」

よくよく考えるとすごいことだと実感。

初日は清水寺の自由時間で、二日目は京都市内での自由行動で丸一日。昨日は夜に葵さんがホテルまで誕生日のお祝いに来てくれて、今日は帰る前に東京駅で会える。

別々の高校に通っている状況を考えればマジで奇跡だよな。

「めちゃくちゃ充実した修学旅行だったな……」

改めて幸せを噛《か》みしめていた時だった。

「晃《あきら》君——！」

自分を呼ぶ聞きなれた声を耳にして顔を上げる。

振り返るとキャリーバッグを引く葵さんの姿があった。

「遅くなってごめんね」

「謝ることなんてないさ」

むしろもう少し待ち時間を楽しんでいたかったくらい。

葵さんも言っていたが、どうやら俺も葵さんを待つ時間が好きらしい。

「私も飲み物買ってくるね」

「じゃあ荷物を預かるよ」

「ありがとう」

葵さんは俺に荷物を預けると飲み物を買いにカウンターへ。

その後ろ姿を見つめながら待つこと数分後。

「お待たせ」

クリームがたっぷり載った飲み物を手に戻ってきて席に座る。

たしか毎年やっている期間限定メニューで、チョコレートベースのフラペチーノの上にホイップクリームとチョコレートソースをかけた甘いもの好きの人にはたまらない一品。

飲み物というよりもパフェに近く、ほぼ食べ物みたいなもの。

「修学旅行お疲れさま」

「うん。晃君もお疲れさま」

乾杯するようにカップを合わせると、葵さんはスプーンでクリームをすくって口に運ぶ。

とろけた表情があまりにも幸せそうで、思わず笑いそうになってしまった。

「美味《おい》しい？」

「うん！」

満面の笑みで即答する葵さん。

「京都といえばお茶だから、修学旅行中はお茶ばかり飲んでたの。もちろん美味しかったんだけど反動なのかな。帰りの新幹線の中で無性に甘いものが食べたくなっちゃって」

「わかるよ。そう言われると俺も甘いものが食べたくなるな」

俺も同じ商品を買ってこようかと考えていると、葵さんがスプーンでクリームをすくって俺の口元へ差し出した。

「はい。おすそわけ」

「ありがとう」

さすがにもう照れたりしない。

人目を少し気にしつつ一口食べさせてもらう。

「うん！」

すると思わず唸《うな》るほど強烈なチョコレートソースの甘さが口の中に広がった。

口に含んだ瞬間は甘すぎると思ったが、ホイップクリームと一緒に食べることで口の中でいい感じの甘さに中和され、糖分を欲している身体に染みわたるように広がっていく。

うん。やっぱり飲み物というよりもスイーツだ。

「見た目ほど甘すぎなくて美味しいな」

「だよね。ちょうどいい甘さがクセになる感じ」

葵さんはもう一口食べると幸せそうに目を細める。

いつも思うけど、葵さんは本当に幸せそうに食べるよな。

「そう言えば、瑛士《えいじ》と泉《いずみ》は先に帰ったの？」

葵さんは口の中がクリームでいっぱいだからか首を横に振って答える。

「てことは、駅構内でお土産でも買ってるのかな？」

すると葵さんはもう一度首を横に振る。

帰っていなくて駅にもいないなら、どこでなにをしているんだろう？

そう思っていると、葵さんはクリームを飲み込んでから驚きの言葉を口にした。

「二人はこれからホテルのチェックインだって」

「ホテル？」

事情が摑《つか》めず疑問の言葉を繰り返す。

「明日は学校がお休みだから、東京で遊ぶためにホテルを取ってあるんだって」

「……その手があったか！」

聞いた瞬間、二人が羨《うらや》ましすぎて思わず声を上げてしまった。

事前にお互い東京駅で解散だとわかっていれば、俺と葵さんも同じように東京で一泊くらいできたはず……どうして気づかなかったのか、後悔せずにはいられない。

さらに詳しく聞くと、二人が泊まるのは東京駅から電車で十五分ほどのところにある、誰《だれ》もが一度は泊まりたいと思ったことがある某夢の国の中にある豪華なホテル。

明日は朝から一日、夢の国を満喫する予定らしい。

高校生だけであのホテルは贅沢すぎるだろ。

「二人きりでお泊まりか……」

羨ましすぎて思わず本音が漏《も》れる。

なんで俺は考えが及ばなかったのか。

「羨ましいね」

すると葵さんは俺の気持ちを代弁するように口にした。

それはつまり、葵さんも同じように思っているということ。

「ああ……俺も正直に言うと羨ましいよ」

葵さんも同じ気持ちだからこそ余計に残念で仕方がない。

だって葵さん的にもお泊まりオーケーってことだろ？

「いつか二人で旅行に行きたいね」

「そうだな。受験で本格的に忙しくなる前に計画してもいいかも。いずれまた京都にも行くとして、もう少し近場でいいから一泊二日くらいでさ」

「うんうん。いいと思う」

たとえば、そうだな……葵さんの誕生日のある五月とか。

うん。思いつきで考えてみたけどいいかもしれない。

サプライズで計画するのもありだよな。

「葵さん、旅行に行くならどんな場所がいい？」

「そうだな――」


それから俺たちは旅行の話題で盛り上がった。

やっぱり温泉がいいとか、卒業旅行で行った山奥の温泉もよかったとか。

あれ以来、葵さんは温泉にはまっていて近所の日帰り温泉施設に通っているらしい。

修学旅行が終わった直後に次の旅行の話なんて気が早いと思うけど、だからこそ、次に会う約束を取り付けるかのように旅行の話題で盛り上がる。

二人だけでお泊まり旅行——その意味は、お互い言葉にせずとも察していた。

「そろそろ帰らないといけない時間だな」

会話を楽しんでいると気づけば十九時過ぎ。

俺と葵さんの乗る新幹線は別だが、お互い最寄りの駅までは一時間くらい。

葵さんはそこから在来線に乗り換えて一時間半近くかかるから、俺よりも早い新幹線に乗らないと帰りが遅くなってしまう。

「ホームまで見送るよ」

「うん。ありがとう」

カフェを後にし、葵さんを見送りに新幹線のホームに向かう。

葵さんの乗る新幹線はすでにホームに到着していて出発まで残り数分。

俺たちは乗車口の前で向かい合って別れを惜しむ。

「じゃあ、またな」

「うん。またね」

「着いたら連絡してくれよな」

「晃君も連絡してね」

葵さんが新幹線に乗ると発車のベルがホームに鳴り響く。

寂《さび》しさを我慢しながら葵さんを見送ろうとしていると。

「え――?」

今まさにドアが閉まる直前、不意に葵さんが新幹線から降りた。

その直後にドアは閉まり、ゆっくりと新幹線が動き出す。

「葵さん……?」

状況が飲み込めず驚きのあまり言葉が漏れる。

次の瞬間、葵さんが俺の胸にそっと縋《すが》りついた。

「どうしたの?」

「……帰りたくない」

その一言に心臓が大きく跳ねた。

「まだ晃君と一緒にいたい……」

図らずも葵さんの肩を抱き留める腕に力が入る。

誰もが一度はドラマや漫画で見聞きしたことがある台詞にして、男なら死ぬまでに一度は女性から言われたい台詞ランキングでも上位に食い込む甘美な言葉。

その後の展開に期待しない男なんているはずもない魅力的なシチュエーション。

過去、チャンスがありながら据《す》え膳《ぜん》食わなかった時の記憶が頭をよぎる。

あの頃はともかく、今は俺たちをとめる理由はない。

むしろお互いに期待している。

「葵さんは帰らなくても大丈夫なの？」

「たぶん……おばあちゃんに連絡すれば大丈夫だと思う」

俺も瑛士たちと一緒とか適当な理由を付ければ大丈夫だろう。

寄せ合う身体から、お互いの高鳴る心臓の音が伝わってきていた。

「一緒にいるにしても、どこにしようか？」

「どこでもいいよ……晃君の行きたい場所でいい」

もはや勘違いのしようもない確定フラグ！

沸き上がる興奮を抑えきれず、だけど自分に落ち着けと言い聞かせる。

なぜなら、ホテルに泊まるとしても瑛士たちのように予約しているわけではない。

今から空いているホテルを探して予約するにしても、未成年だけでホテルに泊まる場合、事前に親の承諾が必要になるケースが大半だから不可能だろう。

それなら恋人たちが週末によく利用する年齢制限付きの宿泊施設ならワンチャンとも思ったが、私服ならともかく制服姿だから断られること間違いなし。

近年、市町村によっては高校生の利用を条例で禁止しているところも多く、無理に利用しようとすればお巡りさんに補導された挙げ句、親と学校に連絡がいくだろう。

漫画喫茶の個室も同じで高校生の深夜帯の利用は禁止されている。

みんなこういう時、マジでどうしてるの？

「「……………」」

考えた末に浮かんだのは妥協案だった。

「一緒にいられれば二人きりじゃなくてもいい？」

「うん。無理を言っているのは私だから我慢する」

我慢する――。

その言葉が意味するところをわかっているだけに残念だが仕方がない。

次の機会に期待し、今は自分の煩悩《ぼんのう》に我慢しろと言い聞かせる。

「よかったら、家にくる？」

「晃君のお家？」

葵さんは俺の腕の中で顔を上げた。

「行っていいの？」

「たぶん家族に説明すれば大丈夫だと思う。母さんは葵さんと一度会ったことがあるし、日和《ひより》も歓迎してくれる。唯一懸念があるとすれば父さんだけど……そこはなんとかするよ」

「本当？」

葵さんの瞳《ひとみ》が期待に輝く。

「これからも葵さんと一緒にいるなら両親への紹介は避けて通れないし、こういう機会でもないと会わせるタイミングもないしさ。もちろん、葵さんが嫌じゃなければだけど」

するると葵さんは迷いなく首を横に振った。

「嫌じゃない。前から晃君のお父さんにも挨拶《あいさつ》したいと思ってたの」

「そうなの？」

「晃君は私のお父さんやおばあちゃんにご挨拶してくれてるのに、私は晃君のお父さんにご挨拶できなかったから。晃君の言う通り、この先も一緒にいるんだからご挨拶したい」

そう言うことなら遠慮する必要はない。

「じゃあ、母さんに連絡するからちょっと待ってて」

「うん」

俺はスマホを取り出して母さんに電話を掛ける。

すると数コール後に電話が繋《つな》がった。

「もしもし？　晃だけど」

『もう駅に着いたの？』

「いや、実はまだ東京駅なんだ」

『あら、ずいぶん遅いのね』

「実は……葵さんと一緒にいてさ」

『葵さんと？』

疑問符を浮かべる母さんに事情を説明し、葵さんを連れて帰っていいか相談する。

さすがに突然のことで驚いていたが、母さんも葵さんのことを気にかけてくれていたからだと思う。

『もちろん、いいわよ』

思いのほか、あっさりと承知してくれた。

『私も久しぶりに葵さんに会いたいし、ぜひ連れていらっしゃい』

「ありがとう。じゃあ今から帰るよ」

『駅まで迎えに行くから到着する前に連絡して』

「ああ。わかった」

そう告げて通話を切り、葵さんに向き直る。

「大丈夫だって。母さんも葵さんに会いたいってさ」

「よかった……」

葵さんは安堵《あんど》と喜びに胸を撫でおろす。

「よし。そうと決まれば一緒に帰ろう」

「うん」

こうして俺たちは手を繋ぎ直してホームを後にする。

二人で俺の住む街へ向かう新幹線に乗り込んだ。

＊

俺の住んでいる街は東京から新幹線で約一時間——。

北関東のとある県庁所在地ということもあり地方にしては栄えている方だと思う。

駅近辺は都市開発が進んで駅ビルや商業ビルが立ち並び、不自由のない生活が送れる利便性に富んだ地域。その一方で、山間部からは離れていて自然に触れる機会は極めて少ない。

どちらがいいというわけではないが、葵さんの住む場所とは対照的な地域。

引っ越し前に住んでいた街よりも少し都会といった感じだが大差ない。

だからだろうか、引っ越し後もすぐに街に馴染むことができた。

「着いたよ」

改札を抜けて外へ出ると日が落ちて空は暗くなっていたが、駅ビルや近隣の施設の明かりが辺りを照らしているため、もういい時間なのに街並みはずいぶん明るい。

「ここが、晃君が住んでる街……」

葵さんは街の景色を眺めながら感慨深そうに呟いた。

「晃君のお家は駅から近いの？」

「だいぶ離れてるから母さんに迎えを頼んでおいたんだ。もう来てるはずだけど」

葵さんを連れてロータリーの乗り合い場所に向かう。

タクシーや送迎の車が頻繁に出入りする中、辺りを見渡すと見慣れた車を見つける。ナンバープレートを確認すると、その番号から母さんの車だとわかった。

車に近づき後部座席のドアを開ける。

「おかえりなさい」

すると運転席に座る母さんが振り返りながらそう言った。

「ただいま。迎えに来てくれてありがとう」

「いいのよ。葵さんも久しぶりね」

「こんばんは。ご無沙汰してます」

葵さんは車の中を覗《のぞ》き込みながら丁寧に頭を下げる。

「積もる話は後にして、まずは乗ってちょうだい」

「ああ」

「失礼します」

俺たちが後部座席に乗り込むと、母さんは車を出してロータリーを後にする。

「修学旅行はどうだった?」

大通りに出ると、バックミラー越しに視線を向けて尋ねてきた。

「楽しかったよ。まさか修学旅行先で葵さんと会えるとは思わなかったから」

「私も晃君と一緒に京都を回れて楽しかったです」

「そう。それはよかったわね」

葵さんの前だからか、母さんはワントーン高めの声で上機嫌。

俗に言うよそ行きな声で確認するように疑問を口にする。

「ところで、一つ聞いておきたいんだけど――」

「なに？」

「二人はお付き合いしてるってことでいいのかしら？」

「『え――？』」

まさかの質問に俺と葵さんの疑問の声が重なった。

正確には葵さんの声の方が大きかったんだが、それはおそらく母さんの質問への疑問だけではなく、俺に対して『言ってなかったの？』という意味が込められていたからだろう。

二人の疑問の視線を受けとめながら考える。

「えっとぉ……」

確かに母さんには付き合い始めたことを話してなかった気がする。

葵さんと同居を始めた当初、早々に母さんにバレて以来、定期的に二人暮らしの状況は日和《ひより》が伝えてくれていたし、俺もたまに近況報告がてら葵さんのことを伝えていた。

葵さんの承諾を得た上で、葵さんの父親の件や祖母の件も説明済み。

けど、うん……改めて思い返してみたが言った記憶がない。

「実は夏休みから付き合ってるんだ」

申し訳ないけど少し遅れて事後報告。

「そう。それはよかったわ」

「ご挨拶が遅くなってすみませんでした」

「ううん。葵さんが謝ることなんてないのよ」

母さんの言う通り、葵さんが謝る必要はない。

むしろ俺が葵さんに謝らないといけないくらいだ。

「じゃあ、お父さんに紹介するために連れてきたの？」

父さんに――。

その言葉に俺と葵さんの間に緊張が走った。

「結果的にだけど、それも理由の一つなのは間違いないかな」

「そう。でも残念、お父さんは出張中で帰ってくるのは明日の夜なの」

「出張？」

寝耳に水だが、思わずほっとせずにはいられなかった。

葵さんを連れて帰ると決めた時から紹介する覚悟は決めていたが、なんて説明すればいいか考えが纏《まと》まっておらず、半ば出たとこ勝負で紹介するつもりだったから。

一日猶予があるなら考えを纏める余裕もある。

「残念じゃなくて、安心ねって言うべきだったかしら？」

さすが母親、俺の心境を察したんだろう。

隠すつもりもなく安堵の息が漏れた。

「父さんに葵さんが来ることは話してあるの？」

「黙ってるわけにもいかないから、お友達が遊びに来るとだけ連絡しておいたわ」

「そっか。ありがとう」

「応援してるから二人で頑張ってね」

そんな話をしているうちに自宅に到着。

車から降りて荷物を下ろしていると、車の音で俺たちの帰宅に気づいたんだろう。

日和が家の中から出てきて俺と葵さんのもとに駆け寄ってきた。

「おかえり」

「ああ。ただいま」

「葵さんも、おかえりなさい」

「うん。私もただいま……でいいのかな？」

「ただいまでいい。葵さんは家族のようなものだから」

日和は葵さんに会えてよほど嬉《うれ》しいんだろう。

いつものポーカーフェイスは変わらないが少しだけ口角を上げている。

葵さんの荷物を一つ持ち上げると、早く家に上がってと言わんばかりに葵さんの手を引いて連れていく。

まるで仲のいい姉妹を見ているようで微笑ましい。

「日和があんなに懐《なつ》いてるなんて……少し驚きね」

そんな日和の姿を見た母さんが驚きに言葉を漏らした。

母さんは葵さんの前での日和の姿を見るのは初めてだから無理もない。

「実はあの二人、すごく仲が良いんだよ」

「そうなの？」

俺の知らないところでも頻繁に連絡を取っていることや、葵さんと一緒にいると不器用なりに感情を表に出そうとすることを伝えると、母さんは感慨深そうな表情を浮かべる。

それは親として日和の性格を知っているからこその驚きと喜び故だろう。

俺も兄として全く同じ気持ちを抱いたからよくわかる。

「日和にとって、とてもいいことね。でも、どうして？」

「正直、俺にもよくわからない。たぶん波長が合ったんじゃないかな」

気づけば仲良くなっていたし、その辺りを根掘り葉掘り聞くのも野暮《やぼ》だろう。

「でも葵さんのおかげで、日和はずいぶん変わったように思う」

「葵さんには色々と感謝しないといけないわね」

母さんは妙に『色々と』の部分を強調して口にした。

「……色々って、どういう意味？」

まぁ俺も察しているが一応理由を尋ねてみる。

「私も葵さんとは末長く仲良くやっていけそうってことよ」

「……ちょっと話が飛躍しすぎじゃない？」

年甲斐もなく子供みたいに悪戯っぽい笑みを浮かべる母さん。

その意味がわからないわけもなく……息子をいじるのはやめて欲しい。

「将来を見据えたお父さんへの紹介、頑張ってね」

「だからプレッシャーをかけないでくれって……」

「ふふふっ♪」

母さんを軽くあしらいながら二人の後に続いて家に上がる。

とりあえず落ち着こうと、俺たちは荷物を部屋に置いて部屋着に着替える。葵さんの荷物は日和の部屋に運び、滞在中は日和の部屋で一緒に過ごしてもらうことにした。

片付けを終えるとリビングに集まり、さっそくお土産をチェックする。

京都から送ったお土産もすでに全部到着済みだった。

「まずは日和に頼まれていたお菓子と、メッセージで聞いた抹茶の生八つ橋」

「これが抹茶の生八つ橋……！」

よほど気になっていたんだろう。

日和は抹茶の生八つ橋の箱をじっと見つめる。

「お母さん。晩ご飯の前だけど食べていい？」

「分の分も残しておいてね」

日和はビニールを破いて箱を開け、抹茶の生八つ橋を取り出す。

付属の抹茶糖をかけると、しばらく見つめてから口の中へ。

「美味しいか？」

「……ん」

口の中がいっぱいで感想が言えない代わりにもぐもぐしながら頷《うなず》く。

すぐに食べ終えると感想の一つも言うと思いきや、即二つ目を口の中へ放り込む。

「おいおい、これから夕食なのに大丈夫か？」

「……ん、ん」

今度は二回唸ったが、たぶん大丈夫という意思表示。

まぁ日和も葵さんや泉と一緒で甘いものは別腹だから大丈夫だろ。

そんな日和の姿を眺めながら、俺と葵さんは顔を見合わせて頷く。

「実はね、私からも日和ちゃんにお土産があるの」

「葵さんから？」

目を丸くする日和に、葵さんはバッグから取り出した物を差し出す。

それは、ちりめん細工のお店で買った花柄で紫色のシュシュだった。

「可愛《かわい》い……」

日和は大切そうに両手で受け取ると、黒い瞳を輝かせながら呟いた。

「縮緬《ちりめん》って生地を使った伝統工芸品のお店に行ったんだけど、すごく可愛いから私と日和ちゃんの分をお揃《そろ》いで買ったの。日和ちゃんはそんなに髪が長くないから、あまりシュシュを使う機会はないかなとも思ったんだけど、きっと似合うと思って」

するど日和はさっそくシュシュで髪を束《たば》ねる。

葵さんも同じ柄で青色のシュシュを取り出して髪を束ねた。

「……どう？」

やはり日和の表情から感情は見て取れない。

「うん。よく似合ってるよ」

「ありがとう。葵さんもよく似合ってる」

「ありがとう」

だけど嬉しそうに頬《ほお》を赤らめていた。

「それともう一つ、これは俺と葵さんから日和にプレゼント」

今度は俺が日和にお土産の品を差し出す。

それは三人お揃いで買ったスマホケースだった。

「俺と葵さんも同じやつを買ったんだ。日和もお揃いにしよう」

俺と葵さんがスマホを取り出して同じケースを付けているのを見せると、日和はさっそく自分のスマホを取り出してケースを付け替える。

「すごく可愛い。二人とも、ありがとう」

「「どういたしまして」」

日和は大切そうに持ちながらケースを見つめる。

どうやら気に入ってくれたようで一安心。


その後、料理の手が空いた母さんも交じってお土産のチェックは続く。

特に抹茶の生八つ橋は母さんにも大好評で、母娘揃ってもりもり食べ始める。

日和は泉と一緒で食欲の権化だから大丈夫だとして、母さんまでそんなに食べて大丈夫かと心配していたら『私も若い頃はそうだったわ』と、若い頃の爆食武勇伝を聞かされた。

日和の小さな身体に似つかわしくない食欲は母親譲りだったことが判明。

さらに葵さんも加わり、夕食前に二箱あった抹茶の生八つ橋を完食。

他のお菓子にまで手を付け始める始末。

「「ごちそうさまでした」」

「……………」

見慣れた光景とはいえ、満足そうにお腹《なか》を撫《な》でる三人を前に思わず絶句。

こんなことなら倍くらい買ってきてやればよかったと少し後悔。

「さて、私は夕食の準備に戻らないと」

一通り食べて満足した母さんがキッチンへ戻ろうと席を立つ。

「日和、少し手伝ってくれる？」

「うん。手伝う――」

日和が返事をしかけた時だった。

「あの――」

不意に葵さんが声を上げた。

「ご迷惑でなければ、私もお手伝いさせてください」

「葵さんも？」

まさかの申し出に母さんは驚いた様子を浮かべた。

「気持ちは嬉しいけど、お客様にお手伝いしてもらうわけにはいかないわ」

「お気になさらないでください。私がお手伝いさせて欲しいんです」

妙に熱意がある感じで母さんに訴える葵さん。

母さんは眉《まゆ》をへの字にして困っている感じ。

「晃君がいつも食べてるお母さんのお料理や、晃君の好きなお料理を教えて欲しいんです。今度会う時に、少しでも美味しいって言ってもらえるように腕を磨いておきたいので」

「あらあら。それはどうも、ごちそうさま♪」

母さんにからかわれるのは恥ずかしいが、それ以上に葵さんの気持ちが嬉しい。

「そういうことならお願いしようと思うけど、お料理はどのくらいできるの？」

母さんは俺と葵さん両方に視線を向けて確認してくる。

おそらく一緒に住んでいたから俺も知っていると思ったんだろう。

「前は俺の方が上手《うま》かったけど、今は同じか、葵さんの方が上手だから心配ない」

「あら、それは頼もしいわね。じゃあ一緒に作りましょうか」

「はい！」

こうして母さんと日和と三人で夕食の支度《したく》の続きを進める葵さん。

夕食が出来上がったのは三十分後、四人で食卓を囲みながら、ふと思った。


――いつかこの光景が、当たり前になる日が来たら嬉しい。

母さんに言われたからだけじゃない。

だけど、そんな風に思った。

＊

夕食を終えて一休みした後――。

俺は自分の部屋に戻り修学旅行の荷物を片付けていた。

せっかく葵さんが家に来てくれたんだから、ゆっくり話をすればいいと思われるかもしれないが、なかなかどうして、日和がコバンザメよろしく葵さんの傍から離れてくれない。

日和も久しぶりに会えて嬉しいんだろうし、ここは兄として譲ってあげよう。

そんな二人が今なにをしているかというと、仲良くお風呂《ふろ》に入っている。

「……ぶっちゃけ、日和が羨ましい！」

自分の部屋なのをいいことに本音をぶちまける。

付き合う前はこういう時、いつも泉にからかわれ『二ミリくらいしか羨ましくないわ！』と誤魔化《ごまか》していたが、今は心の底から羨ましくて仕方がない。

俺も健全な思春期男子、恋人同士なんだから当然そんな妄想の一つもする。

しかも過去、葵さんがその気だったのに未遂に終わったことが三回もあるわけで、次にそういうチャンスがあれば間違いなく遠慮するつもりはないわけで……。

泉と瑛士がホテルでお泊まりだと知ったせいもあるんだろう。

いつもよりモヤモヤが三割増しで絶賛興奮中。

「次のチャンスはいつになるんだろうなぁ……」

やはり葵さんの誕生日に旅行を計画するのが堅いよな。

気づけば手をとめて妄想に耽っていると。

「晃君、入っていい？」

「うおおおおう⁉」

ドアの向こうから葵さんの声が聞こえ、驚きと焦《あせ》りで思わず鞄《かばん》をぶん投げる。

慌てて見られたらまずいものがないか確認するが、とりあえず大丈夫そう。

「ど、どうぞ」

すると葵さんが窺《うかが》うようにドアを開けて入ってきた。

「すごい声が聞こえたけど大丈夫？」

「ああ。なんでもないよ」

とっさに誤魔化しながら、思わず葵さんの姿に見惚《みと》れた。

葵さんの姿が妙に色っぽく見えたのは、お風呂上がりで肌の血色がいいだけではない。今の今まで不健全だけど、ある意味健全な妄想に耽っていたせいもあるんだろう。

必死に平静を装いながらベッドに腰を下ろす。

「荷物の片付けをしてたの？」

「もう終わったから大丈夫だよ」

全く終わってないけど終わったことにしておく。

「隣に座っていい？」

「ああ。もちろん」

葵さんは俺の隣に腰を下ろす。

「日和はいいの？」

「うん。宿題やるって」

日和がこんな時間まで宿題をやっていないはずがない。

俺に気を遣って二人にしてくれたんだろう。

「ここが晃君のお部屋なんだね……」

葵さんは感慨深そうに部屋を見渡しながら呟く。

「なんだろう……少し不思議な感じがする」

「机や家具は一緒に住んでた時と同じものだから、そんなに違和感ないだろ？」

「そうなんだけど、晃君のお部屋に入るのが久しぶりだから」

「前に入ったのっていつだったっけ？」

「えっと、たぶん……」

お互いに思い出そうと視線を宙に投げて記憶を探る。

「「あっ……」」

思い出した瞬間、お互いに顔を真っ赤《まか》にしながら声を漏らした。

忘れもしない、最後に葵さんが俺の部屋に入ったのは去年のバレンタインの夜――。

別れを惜しむ葵さんが思い出だけでは足りないと、夜な夜な俺の部屋にやってきて身体を許そうとしてくれて、結局、据え膳食わずに朝まで同じベッドで過ごした時のこと。

あの時は一線を越えないで正解だったが、先ほども思った通り、今はもう越えてはいけない理由はない。

「葵さん……」

「晃君……」

相手の瞳に映る自分の姿が見える距離。

お互いに考えていることは同じだという確信。

一度意識してしまえば抑えることができないお年頃。

自然と近づく俺と葵さんの肩と肩、ベッドの上で重なる手と手。

自分の部屋とはいえ母親と妹がいる家の中で始めるわけにはいかないが、せめてキスくらいなら――夏休み以来、俺は二度目、葵さんは四度目のキスに胸が高鳴る。

「……いい？」

「うん……」

今まさに唇が触れる瞬間だった。

「晃、お母さんがお風呂に入りなさ――？」

空気が凍りつくような音が聞こえた。

「えっと……」

唐突に開いたドアの先には無表情で声を漏らす日和の姿。

ドアノブに手を添えたまま固まる日和を前に、家族に見られたくないランキング第一位の場面を見られ、反射的に葵さんとは反対側へ倒れ込むようにベッドに突っ伏す。

……宿題するって言ってたじゃん！

「わかった」

全てを察した日和の一言。

頼む、どうかそっとしておいてくれ。

「お母さんには後で入るって伝えておくけど一時間で足りる？」

「すぐに入るから母さんには黙っていてくれ！」

必死に訴える俺の隣で照れながら苦笑いを浮かべる葵さん。

お互いの家ではワンチャン期待することはできないと悟った俺は、来年の葵さんの誕生日は絶対に一泊二日のお泊まり旅行を計画しようと心に誓う。
こうして夜は気まずさと共にふけていった。

第八話　父への紹介

翌日、土曜日の午後――。

俺《おれ》と葵《あおい》さんは母さんに車で送ってもらい、市内のショッピングモールに来ていた。

「送ってくれてありがとう。助かったよ」

「ありがとうございました」

俺と葵さんは車を降りながらお礼を言う。

「帰りも迎えに来るわ。何時頃がいいかしら？」

「いや、大丈夫。帰りはバスを使うよ」

「そう？　じゃあ気が変わったら連絡して」

「ああ。わかった」

母さんの車を見送り、俺たちは入り口へ向かう。

「行こうか」

「うん」

どうしてショッピングモールに来ているか？

それは昨日の夜、日和《ひより》に気まずい瞬間を見られた後のお風呂《ふろ》上がり。

リビングで歓談しながら、そろそろ寝ようかと話をしていた時だった。


「明日はどうしようね」

「そうだな……修学旅行疲れもあるし、のんびりするのも悪くないけど」

父さんが帰ってくるまで家で待っているのも落ち着かない。

「どこかに出かける？　少し遠いけどショッピングモールとか」

すると葵さんは閃《ひらめ》いた様子で手を打った。

「それなら私、晃《あきら》君のお誕生日プレゼントを買いに行きたい」

「なるほど、それなら俺も葵さんの誕生日プレゼントを選びたいな」

「じゃあ、一緒にお互いのプレゼントを選びに行こ」

「ああ。そうするか」


そんな話を傍で聞いていた母さんが車で送ると言ってくれて今に至る。

忘れていたわけではないが、葵さんが言い出してくれてよかった。

「さすがに土曜日なだけあって混んでるな」

中へ入るとモール内は大勢のお客さんで溢《あふ》れかえっていた。

「そうだね。でも私、こうしてお客さんでいっぱいのショッピングモールを歩いてると、初めて晃君とお買い物に行った時を思い出すんだ」

「確かに、あの時もお客さんでいっぱいだったよな」

不意に色々な思い出がよみがえり、懐かしさを覚えながら想《おも》いを馳せる。

初めて二人でお出掛けしたのも、葵さんが金髪ギャルから清楚《せいそ》系美人になったのも、ギャルじゃないと知ったのもあの時だし、瑛士《えいじ》や泉《いずみ》にバレて青ざめたのもあの時だった。

なにより葵さんのために力になろうと決意したのもそう。

なにもかも懐かしいな……。

「葵さん、美容室で『彼女さん』って呼ばれて『俺の彼女』だと思われてるって勘違いして謝ったんだよな。それが今では本当に俺の彼女なんだから人生わからないもんだよな」

「だって初めてだったから、ちゃんと答えなきゃって……晃君のいじわる」

軽くからかうと、葵さんは不満そうに頬《ほお》を膨らませる。

どうやら機嫌をそこねてしまったらしい。

「ごめん。冗談だよ」

「……知らない」

すると葵さんはツンとした感じで一歩先に行く。

まずい、こんなに怒っている葵さんは初めて。

「本当にごめん」

「…………」

「なんでもするから許して欲しい」

何度か謝ると葵さんは足をとめて振り返る。

「葵さん……？」

緊張しながら葵さんの言葉を待つ。

葵さんは獲物を狙《ねら》う猫のような目で俺の手をじっと見つめたかと思うと。

「えいっ」

小さく声を上げながら俺の右手を捕まえた。

思わず首を傾げて疑問符を浮かべる俺。

「えっと……どういうこと？」

「今日一日、ずっと手を繋《つな》いでくれるなら許してあげる」

「……もちろん！　そんなの俺がお願いしたいくらいだよ！」

一瞬なにが起きたかわからなかったが安堵《あんど》の息が漏《も》れる。

そんな俺の隣で葵さんは怒っていたのが嘘《うそ》みたいに満面の笑みを浮かべていた。

まさかというか、もしかしてというか……。

「葵さん、わざと怒ったふりをしてた？」

「な、なんのこと……？」

葵さんはわかりやすく目を泳がせながら顔を赤くする。

誤魔化《ごまか》すのが下手くそすぎてバレバレだった。

「だって……晃君の手が寂《さび》しそうにしてたんだもん」

すると照れくさそうにしながら本音を口にした。

どうやら手を繋ぐ口実が欲しかったらしい。

「そっか……実は俺も手が寂しいと思ってたんだ」

「でしょ？　それならよかった」

……可愛《かわい》いがすぎて悶絶しそう！

世界中の人たちに俺の彼女が可愛すぎると全力で訴えたい衝動にかられたが、公衆の面前でにやけながら叫んだら危ない奴《やつ》だと思われること間違いなしだから必死に堪える。

さすがに人前で愛を語り合うバカップルの先輩こと瑛士と泉のようにはなれない。

俺と葵さんもバカップルな自覚はあるが、やはり世の中、上には上がいる。

「改めて、どこのお店から見て回ろうか」

「晃君、なにか欲しい物とかある？」

「欲しい物かぁ……ずっと考えてはいたんだけど」

なかなかどうして、思いつかない。

「葵さんがくれる物ならなんでも嬉《うれ》しいけどな。葵さんは？」

「私も晃君がくれるなら、なんでも嬉しい」

同じ気持ちなのが嬉しい半面、とても困ってしまった。

相手がくれる物ならなんでも嬉しいというのは選ぶ側からしたらハードルが高い。

去年のクリスマスは泉が気を利《き》かせてくれた結果、お揃《そろ》いのネックレスを贈り合うという素敵なプレゼント交換をすることができたけど、はてさて今回はどうしよう。

「「う〜ん……」」

二人一緒に唸《うな》りながら頭を悩ませていると。

「でも、せっかくならお揃いの物がいいな……」

葵さんがぽつりと零した。

「その方が離れていても晃君と繋がってると思えるし」

葵さんは首から下げているネックレスを握り締めた。

確かに俺も毎日ネックレスを着ける度に葵さんのことを想っている。

離れて生活していて気軽に会えるわけじゃない俺たちにとって、お互いを身近に感じられるアイテムとして、お揃いのネックレスを贈り合えたのはよかったと思っている。

お揃いの物が増えれば今まで以上に身近に感じられるだろうか？

「じゃあ、お揃いの物にしようか」

「晃君がいいならそうしたいな」

「お揃いとなると、なにがいいかな」

すると俺の手を握る葵さんの手にきゅっと力が込められる。

今までも何度かあったが、葵さんが手に力を込める時はなにかの意思表示。

そう気づいて視線を向けると、葵さんは顔を真っ赤《まっか》にしながらモジモジしていた。

「その……たとえばなんだけど」

「なにかいい物を思いついた？」

「あくまで候補として聞いて欲しいんだけど……」

「ああ。わかった」

「晃君が嫌じゃなければなんだけどね……」

「遠慮しなくて大丈夫だよ」

妙に釘を刺しまくるなと思った直後。

「ペ……ペアリングとかどうかな？」

「ペアリング――!?」

予想外の一言に思わず声を上げる俺。

あまりの大声に近くにいたお客さんたちが振り返る。

「ち、違うの！」

驚く俺の様子を見て困っていると勘違いしたんだろう。

葵さんは顔から火を噴きそうなほど照れながら説明を始める。

「違くないこともないんだけど、違くて……お揃いのネックレスが嬉しくて、他にアクセサリーでお揃いにするなら指輪かなって思っただけなの。特別な意味があるわけじゃなくて。違う……特別な意味があるけど、そういうことじゃなくて……ああん！」

羞恥の限界を超えた葵さんは真っ赤な顔を片手で隠す。

昔は照れると顔を隠す癖《くせ》があった葵さんだけど、最近は恋人が板についてきたからか顔を隠すほど照れる機会はなかったんだけど、今回ばかりは我慢できなかったらしい。

一瞬驚いたけど照れまくる葵さんを見て逆に冷静になった俺。

葵さんの手を引いて進行方向とは逆へ足を進める。

「晃君……？」

葵さんは不思議そうに首を傾げた。

「向こうにジュエリーショップがあるんだ」

「え……」

今度は葵さんが言葉を失った。

「いいの？」

「ああ。ペアリングにしよう」

顔は赤いままだけど葵さんの表情に笑顔が戻る。

「少し照れるけど、俺もお揃いで欲しいからさ」

「うん。ありがとう！」

こうして誕生日プレゼントはペアリングに決定。

ジュエリーショップの前に着くと、店内は大勢のお客さんで賑わっていた。

華やかな雰囲気の店内にはたくさんのショーケースが並び、展示されている指輪やネックレスを楽しそうに眺めている恋人たちの姿や試着している人の姿がある。

前に葵さんへのプレゼントを買うために、泉に付き合ってもらってジュエリーショップに足を運んだ時も思ったが、この手のお店は男子高校生にとってハードルが高い。

でも今日は彼女と一緒に来ているからだろう。

以前ほど緊張していなかった。

「指輪は向こうのショーケースかな」

「そうみたいだね」

さっそく俺たちはショーケース内のペアリングを見て回る。

俺たちのような高校生でも手が出る価格の物から、目が飛び出るほど高額な物まであるが、大体はダイヤモンドなどの石の数や金の純度、つまり割合で変わるらしい。

その辺りの知識が全くなく、葵さんとなにが違うんだろうねと話していたら、傍で俺たちの様子を窺《うかが》っていた綺麗《きれい》な店員のお姉さんが丁寧に教えてくれた。

これも泉と買いに行った時に思ったことだが、店員さんがジュエリーに負けず劣らず、顔で採用したのかと思うほど綺麗で、しかも性格までいい人たちばかりだから素晴らしい。

そんな綺麗な店員さんにアテンドしてもらいながら指輪を見る俺たち。

しばらくすると、葵さんの視線がぴたりととまった。

「気に入ったのがあった?」

「うん。これ……可愛いなって」

葵さんが目に留めたのは、ダイヤをワンポイントあしらったホワイトゴールドの指輪。男性物は同じデザインだけどダイヤはなく、シンプルで合わせやすそうな指輪だった。

価格は少し高めだが、学生の俺たちでもなんとか手が届くレベル。

「ご試着されますか?」

「はい。これをお願いできますか?」

綺麗な店員さんのお言葉に甘えてお願いする。

「かしこまりました。サイズはいくつでしょうか?」

「えっと、測ったことなくて……」

「俺もないです……」

そうか、指輪ってサイズがわからないといけないのか。

少し考えればわかりそうなものだが、指輪を買ったことがないから気にしていなかった。ていうか、サイズもそうだけどペアリングってどこの指にはめるんだろうか。

二人で困った顔をしていると綺麗な店員さんは察してくれたらしい。

「それでは、右手を拝借してもよろしいでしょうか？」

「「はい」」

言われるままに一緒に右手を差し出す俺たち。

すると綺麗な店員さんは順番に俺たちの右手の薬指を確認。

葵さんと『ペアリングって右手の薬指につけるんだね』と話していると、一般的に多いだけで左手の薬指につける人もいるらしく、結論としては個人の好みだと教えてくれた。

結婚指輪は左手の薬指につけることが大半だが、それも諸説あるらしい。

そんな豆知識を聞きながらサイズを確認してもらった後、ショーケースの中に飾られていた物はサイズが違ったのか、ストックしていた物をトレイに載せて持ってきてくれた。

「こちらのサイズで大丈夫だと思います」

葵さんは差し出された指輪を手に取る。

すると緊張した面持ちで右手の薬指にはめた。

「いかがですか？」

「たぶん大丈夫だと思います……どうですか？」

初めて指輪をつけたからわからないのも無理はない。

葵さんが少し不安そうに尋ねると、綺麗な店員さんは葵さんの手を取って確認し『大丈夫だと思います。合わなくなったら調整もできますよ』と笑顔で教えてくれた。

続いて俺も右手の薬指にはめてみる。

「彼氏さんもいかがですか？」

「……はい。大丈夫だと思います」

葵さんと右手薬指にはめている指輪を見せ合う。

「どうかな……？」

「よく似合ってるよ」

「ふふ。晃君もいい感じ」

俺たちは確認するように頷《うなず》き合う。

「これにします」

「ありがとうございます。指輪ははめて帰られますか？」

「えっと……」

どうしようかと思い葵さんと顔を見合わせる。

「お互いの誕生日プレゼントだし、一度箱にしまって包んでもらう？」

「どうしようね。すぐにはめたいし、包んでもらうのも申し訳ないかな……」

綺麗な店員さんは俺たちの会話を聞いて察してくれたんだろう。

「それでしたら指輪ははめて帰っていただいて、箱は別にお包みいたします」

「いえ、中身が空なのに包んでもらうのは申し訳ないです」

さすがに悪いと思って断ると、綺麗な店員さんは小さく首を横に振った。

「今日はお二人にとって特別な一日ですから、箱だけでもお包みさせてください」

まさかの提案に図らずも感動を覚えてしまった。

ここまで気持ちを汲《く》んでもらえるなんて夢にも思わない。

葵さんと顔を見合わせて頷き合う。

「お願いできますか?」

「はい。もちろんです」

「「ありがとうございます」」

こうしてお互いの誕生日プレゼントを購入し、お言葉に甘えて箱を包んでもらう。

店頭で箱の入ったショッピングバッグを受け取ると、アテンドしてくれた綺麗な店員さんにお礼を言い、右手の薬指に指輪をはめたままジュエリーショップを後にする。

また一つ葵さんとの大切な繋がりが増えたことが嬉しかった。

指輪を買った後、俺たちは喫茶店に場所を移して休憩していた。

まだショッピングモールに来て一時間くらいなのに妙に疲れを感じているのは、ペアリングの購入が嬉しい半面、慣れない買い物で気疲れしたからだろう。

ひとまず落ち着こうと近くの喫茶店に入って飲み物を注文。

通路側の席に向かい合って座りながら喉《のど》を潤す。

「ふふふっ♪」

葵さんから笑い声が聞こえてくるのは何度目だろう。

嬉しそうに右手の薬指に輝く指輪を見つめていた。

「そんなに気に入った?」

「うん。すごく気に入った!」

満面の笑みという言葉が相応《ふさわ》しい。

「半年も誕生日のお祝いが遅れてごめんな」

「知らなかったんだから仕方ないよ。一緒にお祝いできただけで幸せ」

「来年はちゃんと予定を立ててお祝いするから期待しててよ」

「ありがとう。楽しみにしてるね」

だけど葵さんは笑顔から一転、わずかに声のトーンを落とす。

「でも、来年か……」

その一言の意味は容易に想像ができた。

「年が明けたら私たちも受験生だから、あまり会えなくなるのかな」

なぜなら俺も同じことを考えていたから。

「今よりは気軽に会えなくなると思うけど、誕生日だけは時間を作るよ」

「じゃあ、そのためにも受験勉強をしっかり頑張らないとね」

「そうだな」

受験生がどれだけ忙しいとしても一日二日くらいの時間は取れる。

毎月会いに行くわけでもないし、誕生日をお祝いするくらいはいいだろう。

そうわかっていても忙しくなることに変わりはないから、今より会う頻度が少なくなるのは間違いない。葵さんが少し寂しそうに呟いた気持ちは俺も同じ。

だからこそ今日ペアリングを買えて本当によかった。

「受験といえば、一つ聞きたいことがあるんだ」

「なに？」

それは京都で話した時から気になっていたこと。

「葵さん、どこの大学にするかは決めてないんだよね？」

「うん。いくつか候補を挙げて検討してるところ」

「たとえば、なんだけどさ……」

選択肢の一つとして提案してみる。

「一緒に都内の大学に進学するって選択肢はないかな？」

「私も都内の大学に？」

少し驚いた様子で疑問を口にする葵さん。

俺はしっかりと頷いてから続ける。

「もちろん葵さんの進路を、それを理由に決めていいことじゃないのはわかってる。おばあちゃんの傍を離れる不安もあると思うし、援助してくれるお父さんの承諾も必要だと思う。だから、葵さんの将来にとって都内の大学が選択肢になるのならの話なんだけど」

葵さんの進路を俺が理由で決めるようなことはして欲しくない。

本当は別の大学が第一候補なのに、俺と一緒にいられるからという理由で第二候補に妥協するようなことはさせたくない。

だけど、たとえば地元の大学と都内の大学で、どちらも優劣をつけ難《がた》いくらい同じ条件だった時に都内の大学を選択する理由の一つになるのなら嬉しい。

少しでも可能性があるならと思い、俺の気持ちを伝えておきたかった。

「実は、京都で晃君の第一志望が都内の大学って聞いた時ね……」

すると葵さんは真剣な瞳《ひとみ》で真《ま》っ直《す》ぐに俺を見つめる。

どこか期待の色を浮かべているようにも見えた。

「私も都内の大学に行きたいって思ったの」

「本当に――⁉」

喜びのあまり思わずテーブルに身を乗り出す。

「もちろん晃君の言う通り、私が希望する条件に合う大学が都内にあればだけど、大学はたくさんあるから大丈夫だと思う。お父さんやおばあちゃんに相談しないといけないけど、二人とも県外でも援助するって言ってくれてるから反対はされないと思うの」

葵さんの言葉を聞いて心の奥から喜びが湧き上がってくる。

俺だけではなく葵さんも同じ気持ちでいてくれたことが嬉しい。

「むしろ県外に出るなら、晃君の傍にいる方が二人も安心すると思う」

「じゃあ――」

葵さんはゆっくりと頷く。

「晃君と一緒に都内の大学を目指したい」

思わず歓喜に震えて叫びそうになったが喫茶店の中だからギリギリ踏み留まる。

言葉にならない喜びを口にする代わりに、テーブル越しに葵さんの手を握り締めた。

「……受験勉強、一緒に頑張ろうな」

「うん。頑張ろうね」

こうして俺たちは一緒に都内の大学を目指すことに。

二人にとって新たな目標ができたことが嬉しかった。

「私からも一つ聞いていい？」

受験の話が一段落すると、今度は葵さんが尋ねてくる。

その表情は少し緊張しているように見えた。

「もちろん。どうしたの？」

「晃君のお父さんって、どんな人なのかなと思って」

「ああ、そうだよな」

葵さんが父さんのことを気にするのは当然のこと。

今日の夜、俺は父さんに葵さんを彼女として紹介することになる。

もちろん俺も緊張しているし、正直どう紹介しようかと昨晩から頭を悩ませ続けているが、
俺以上に葵さんの方が不安を感じているはず。

俺も初めて葵さんの祖母に会った時は緊張した。

「父さんは……そうだな」

だから少しでも葵さんの不安を取り除いておくべきだと思った。

「一言で表すとしたら、日和に似てると思う」

「日和ちゃんに？」

正確にいえば日和が父さんに似たんだろう。

「日和と同じで、あまり感情を表情に出すタイプじゃないから、たまになにを考えてるかわからないことがある。でも日和以上に情に厚い人で、根が真面目《まじめ》な人。あまり笑わないから無愛想だと感じる人もいるかもしれないけど、よくいえば寡黙《かもく》って感じかな」

「真面目で寡黙な人か……」

説明していて、これだとあまり良い印象は持たれないと思い補足する。

「初めて母さんに会った時、母さんが父さんの話をしたのを覚えてる？」

「うん。なんとなくだけど覚えてるよ」

あれは去年の一学期、夏休み前に母さんが突然帰ってきた時のこと。

母さんに葵さんを彼女だと嘘を吐いて紹介した後、俺たちの話を聞いた母さんが父さんとの馴《な》れ初《そ》めを語り出し、出会った頃の父さんがどんな人だったか話してくれた。

当時、母さんの会社の後輩として同じ部署に配属された父さんは、人付き合いが悪く無愛想で、そのくせ、真面目で能力も高かったから周りにねたまれて孤立したらしい。

その後、放っておけなかった母さんが父さんのお世話係を申し出て話してみたら、なんてことはない。極度の人見知りでコミュニケーションが取れなかっただけの話だった。

その後、母さんが橋渡しになり周りと上手《うま》くやれるようになり、仕事ぶりも人間性も評価され、今では支店長として業績の悪い支店の立て直しのために転勤を繰り返している。

今の父さんとずいぶん違う印象だったから驚いた。

「今は人付き合いが苦手な感じはしないけど、真面目なのは変わらないから初対面だと怖がられることが多いらしい。葵さんに説明しながら、改めて日和と似てると実感したよ」

日和も初対面では冷たい女の子だと誤解されやすいから。

「そっか……」

葵さんは少しだけ安心した様子で笑みを浮かべる。

日和と似ていると知って安心したのかもしれない。

「話のわからない人じゃないし、むしろ話を聞いてくれる人だから大丈夫だと思う。少なくとも頭ごなしに怒るような人じゃない。うちの家族はもちろん、父さんの会社の同僚も、みんな父さんのことを信頼してる。ただ……」

「ただ……？」

俺は唯一懸念《けねん》していることを口にする。

それは葵さんを家に連れて帰ると決めた時から考えていたこと。

「正直、父さんにどこまで本当のことを話すべきか迷ってる」

葵さんは言葉の意味を正しく受け取ってくれたんだろう。

少しだけ難しそうな表情を浮かべた。

「いや……違うか」

だけど自分の言葉に違和感を覚えて言い直す。

「正確には、葵さんさえよければ全《すべ》て話そうと思ってる」

「晃君……」

「だけど、どう伝えるのが一番いいかわからないんだ」

そう――正しくは、どう伝えれば理解してもらえるか。

俺はこの機会に唯一事情を知らない父さんに全て話そうと決めていた。

「俺が父さんにだけ隠し事をしてた事実は変わらない」

「晃君がじゃなくて、私たちがだよ」

「そうだな……俺たちがだ」

葵さんが自分の問題として考えてくれていることが嬉しい。

「なんで隠していたんだって聞かれたら、俺の中でやましい気持ちもあったから。やむを得ない理由があったとしても、それは黙っていていい理由にならない。隠すべき理由があったわけじゃなく、ただ俺がバレたくなくて隠してた」

もちろん、父さんや周りの大人に事情を話したら、葵さんが然《しか》るべき施設に預けられてしまうかもしれないと心配し、自分たちだけで解決したかったからという理由もある。

でも、どれだけ理由を並べても騙《だま》していたことに変わりはない。

「たぶん……いや、絶対に怒られると思う」

親に黙って女の子と同居をしていて怒られないはずがない。

母さんは怒らなかったが、あんなケースは極めてレアだろう。

「それなら最後まで隠し通せばいいと言う人もいるかもしれない。だけど、俺はもう……葵さんとのことで家族に嘘を吐きたくないし隠し事もしたくないんだ」

「晃君……」

「葵さんと恋人として付き合っていく上で、家族に胸を張れる関係でいたい」

そう思うのは、もしかしたら俺のエゴかもしれない。

わざわざ波風を立たせる必要なんてないと思う人もいるだろう。

世の中には知らない方が幸せだという言葉もある通り、全てをバカ正直に話すことだけが最善の選択だとは限らないこともわかっている。

それでも俺はもう隠し事をしたくない。

「だから、もし葵さんが嫌じゃなければ――」

そこまで言いかけた時だった。

「私も晃君と同じ気持ち」

葵さんは迷いのない瞳で言い切ると。

「私も晃君と胸を張ってお付き合いをしていきたいから、誰《だれ》にも嘘は吐きたくない」

俺と同じ想いを語りながら俺の手を握ってくれた。

「それは未来のお話だけじゃなくて過去も同じ。お父さんに隠し続けるのは、私たちが過ごしてきた大切な日々をなかったことにするようなものだから、そんなことはしたくない」

「葵さん……」

「もし怒られるなら、私も一緒に怒られる。だから一緒に謝って許してもらおう」

思わず深く息を吐いたのは胸を打たれたから。

感動に震える自分の心を落ち着かせるため。

「葵さん、ありがとう」

「私の方こそ、お父さんに全部話すって言ってくれて嬉しかった」

正直、不安が完全に消えたわけじゃない。

でも葵さんと一緒なら、きっとなんとかなると思えた。


その後、喫茶店を後にした俺たちは夕方までショッピングモール内を見て回った。

色々なお店を見て回ったり、歩き疲れたら休んだり、小腹が空いてドーナツ屋さんで新作のドーナツを買って食べたり、不安がなくなったこともあって楽しい時間を過ごせた。

夕方になり、ショッピングモールを後にしてバスで帰路に就いている途中。

日和から『お父さんが帰ってきた』とメッセージが送られてきた。

俺と葵さんにとっての一大イベントはすぐそこまで迫っていた。

*

「おかえり」

家に着くと出迎えてくれたのは日和だった。

「ただいま。父さんは?」

「リビングで待ってる。二人とも頑張って」

「ああ。ありがとう」

葵さんと顔を見合わせ、気持ちを確認し合ってから家に上がる。

廊下を抜けてリビングのドアの前に立ち、一度大きく深呼吸をした。

覚悟を決めてドアを開けるとソファーに座っている父さんの姿があった。

「父さん、おかえり」

「ああ。ただいま」

父さんは顔を上げ、俺たちに視線を向けてくる。

「今、少しいいかな?」

「ああ。大丈夫だ」

ソファーに座るように促され、葵さんと並んで腰を下ろす。

緊張のあまり吐きそうになるのを必死に堪える。

「紹介するよ。彼女は五月女《そうとめ》葵さん」

「はじめまして。五月女葵です」

葵さんは緊張しながらも笑みを浮かべて頭を下げた。

「こちらこそ、はじめまして。晃の父です」

父さんの声音から感情らしいものを感じられないのは日和と同じ。

だが、いつも以上に考えていることがわからないのは俺が緊張しているせいだろう。

「前の高校のクラスメイトで、夏休みからお付き合いさせてもらってるんだ。母さんと日和には前に紹介してたんだけど、父さんにもきちんと紹介しておきたくてさ」

「ご挨拶《あいさつ》が遅くなってしまって申し訳ありません。晃君には去年からとてもお世話になっていて、今は恋人としてお付き合いをさせてもらっています」

挨拶を済ませ、緊張しながら父さんの言葉を待つ俺と葵さん。

リビングにしばしの沈黙が流れた後だった。

「葵さん」

「はい」

父さんが葵さんの名前を呼んだ直後。

「晃とこれからも仲良くしてあげてください」

あまりにも優しい声がリビングに響く。

父さんは笑みを浮かべて深々と頭を下げた。

「は、はい。もちろんです」

簡潔な一言にも驚いたが、父さんが笑顔を浮かべていることに驚きを隠せない。

父さんが笑顔を見せるなんて日和が笑顔を見せる以上に頻度は少ないし、最後に見たのはいつだったかも覚えていない……それくらい父さんが笑うのは珍しい。

だけど、驚き以上に嬉しかった。

父さんが葵さんを受け入れてくれた証明だから。

「葵さんとのことで、父さんに話しておきたいことがあるんだ」

だからこそ、これから打ち明ける内容を考えると胸が痛む。

俺と葵さんは怒られる覚悟で本当のことを打ち明けた。

「実は引っ越す前、俺と葵さんはあの家で一緒に暮らしてたんだ」

告白した瞬間、父さんの顔から笑みが消える。

明らかに変わった空気の中、俺たちはこれまでのことを正直に話し始めた。


去年の六月、とある雨の日に公園で傘も差さずにいた葵さんに声を掛けたこと。

母親が失踪して住む場所をなくし、行き場のなかった葵さんを家に連れて帰ったこと。

その後、一緒に暮らしながら俺が転校するまでに葵さんの生活環境を整えようとし、友達の協力を得て色々なサポートをしていたある日、母さんに葵さんとの同居がバレたこと。

母さんや日和に黙っていて欲しいと頼んだのは俺で、二人は悪くないこと。

その後も一緒に日々を過ごす中、葵さんは父親と祖母と再会し、母親と決別。

やがてお互いに惹《ひ》かれ合い、夏休みから付き合い始めたことを説明した。


どれくらいの時間をかけて説明していただろうか。

葵さんとの日々を伝える間、父さんは黙って耳を傾けてくれていた。

「隠していてごめん……」

「申し訳ありません……」

葵さんと二人で頭を下げる。

しばらく頭を下げ続けていると。

「知っていたよ」

「え――？」

長い沈黙を破るまさかの一言。

俺と葵さんは跳ねるように顔を上げた。

「知ってた……？」

思わず言葉が漏れると同時、頭の中に疑問が巡る。

なんで父さんが同居していたことを知っているんだ？

実は日和と母さんが父さんに話していたのか？

いや、二人が俺に嘘を吐くとは思えない。

「二人が驚くのも無理はないが、ずっと前から気づいていたんだ」

父さんは俺たちの心境を察した様子で続ける。

「晃と葵さんが暮らしていた家の光熱費は私の口座から引き落としていたからな。晃一人で暮らしているにしては料金が高すぎると思い、出張であの街に行った時、事情を聞こうと家に行ったんだ。そうしたら、偶然二人が家に入っていく姿を見かけた」

父さんは続けて『それで概ね察したよ』と口にした。

まさか光熱費の料金でバレていたなんて思いもしなかった。

「最初は彼女ができて一時的に泊まりに来る機会が増えたからだろうと思っていたが、高額の状態が何ヶ月も続いた。彼女のご両親は娘がそんな頻度で泊まり続けていて、なにも言わないんだろうかと考えたが……逆に考えれば、そうせざるを得ないんだろうと察した」

日和も察しがいいが、さすが父親なだけあって日和以上に察しがよすぎる。

「先ほど葵さんの家庭事情を聞かせてもらったが、おおよそ想像通りだった」

つまり父さんはとっくに知っていたということ。

だとしたら当然、今度は別の疑問が浮かぶ。

「知っていて、なんでなにも言わなかったの？」

息子が親に隠れて女の子と同居していれば理由を聞いて当然。

事情を察していたと言っていたが、察していたのであればなおのこと、親としてだけではなく一人の大人として、葵さんを然るべき窓口に紹介するなり繋ぐなりするだろう。

そこまでしないにしても話を聞かない理由はない。

「晃も高校生。責任という言葉の意味は理解しているだろうし、少なくとも私は自分の行動に責任を持つように育ててきたつもりだ。晃なりの覚悟あってのことだと思えば見守るのも選択肢の一つ。晃を疑うということは、私自身の教育を疑うことと同義だからな。それに――」

父さんは遠い記憶に思いを馳せるように視線を投げる。

「誰しも若い頃、親に言えない隠し事の一つや二つあるものだ」

まるで自分にも心当たりがあるかのような口ぶりだった。

「お父さんも私と同棲を始めたこと、結婚する直前まで両親に黙ってましたもんね」

「……まぁ、若気の至りだ」

マジか。

「今は親に黙って同棲する子も多いのかもしれないけど、私たちの時代は違ったからね。未《いま》だにお互いの両親に会うと『結婚直前まで黙ってる奴がいるか』っていじられるの」

お茶を持ってきた母さんがからかうと、父さんは咳払《せきばら》いをして誤魔化した。

父さんはその辺りしっかりしていそうなのに意外すぎる。

「じゃあ、自分もそうだったからってこと？」

「それもあるが、もう一つは母さんが黙っていたからだ」

「え――？」

お茶をテーブルに置いた母さんの手がピタリととまる。

「母さんが晃の様子を見に行った後、すぐになにかあったんだろうと気づいた。母さんが気づいていながら私に黙っているということは、それなりの理由があるということ」

母さんはなんとも気まずそうに苦笑いを浮かべる。

「お父さん、気づいてたんですか？」

「ああ。当然だろう」

「ははは……」

俺も母さんも、まさかバレていたなんて思わない。

「母さんが見守る選択をしたのであれば、私があれこれ口を出す必要はない。いざとなれば母さんは、晃の事情を無視してでも私に相談してくれるとわかっていたからな」

それが俺たちのことに気づいていながら黙っていた理由。

きっとそれは、夫婦としての母さんへの信頼の証し。

「じゃあ、俺と葵さんのお付き合いを認めてもらえるってこと？」

恐る恐る尋ねると、父さんはこくりと頷いた。

「お互いに納得して付き合っているのなら反対する理由はない」

「本当に？」

「ああ。高校生らしく節度を持った交際を心掛けなさい」

その言葉を聞いた瞬間、ふっと全身の緊張が抜ける。

隣の葵さんも安心したように息を漏らした。

「父さん、ありがとう」

「ありがとうございます」

改めて葵さんと二人で頭を下げる。

こうして俺と葵さんは、晴れてお互いの両親公認の仲に。

また一つ恋人としてステップアップできたことが嬉しかった。


その後、夕食の支度《したく》が整うとみんなで食卓を囲んだ。

話題は当然、葵さんのことについて。

日和も母さんも、今まで父さんに葵さんのことを黙っていた反動からか、葵さんがどんな人かを父さんに説明したり、葵さんに質問したりしながら箸を進める。

最初は緊張していた葵さんも徐々に打ち解け始め、積極的に会話に加わる。

普段は寡黙な父さんですら、いつもより口数が多くて驚いたくらい。
みんな楽しそうに夕食を食べる姿を眺めながらふと思う。

たぶん、いやきっと——人はこんな時間を幸せと呼ぶんだろう。

Epilogue エピローグ

翌日の日曜日の午後――。

修学旅行から続いた葵《あおい》さんとの時間も終わりを迎え、俺《おれ》は駅まで見送りに来ていた。

新幹線の到着まであと数分。こうしてホームで新幹線が来るのを待っていると、ふと今年の春休み、葵さんに見送ってもらった時のことを思い出す。

あの時と状況は逆だけど想《おも》いは同じだった。

「もうすぐお別れだね……」

「そうだな……」

口数が減ってしまうのは寂《さび》しさで胸が苦しいから。

別れる前に、もっと話したいと思うのに口から言葉が出てこない。

それでも言葉を口にしようとすれば想いが形になって溢《あふ》れてしまう。

「次はいつ会えるかな?」

「葵さんの誕生日には必ず会いに行くよ」

「……嬉《うれ》しいけど、少し長いね」

五月の誕生日は約六ヶ月後。

本音を言えば少しどころか相当先の話。

「「…………」」

不意に葵さんの瞳《ひとみ》からぽろぽろと涙が零れる。

俺が驚くより早く、葵さんは俺の胸に飛び込んできた。

「やだ……まだ帰りたくない」

「葵さん……」

俺の胸に縋《すが》りつく葵さんの手に力が入る。

「やっと会えたのに、もうお別れしなくちゃいけないなんて嫌……」

図らずも葵さんを抱き締める腕に力が入った。

「もっと一緒にいたい……」

夏休みに駅のホームで別れた時も思ったこと。


——俺はこの先、葵さんに何度悲しい想いをさせるんだろうか?


「わがまま言ってごめんね」

葵さんは涙を拭いて顔を上げる。

「ちょっと寂しいなって思っただけなの。離れて暮らしてるんだから仕方ないし、こうしてたまに会えるだけでも幸せだなって思うんだけど……時々、不安になっちゃうの」

それは当然のこと。

昔のように依存しているわけではなく恋人同士なら当然の感情。

俺も同じように感じているし、幸せだけど不安になることもある。

「もう大丈夫」

無理に笑顔を浮かべようとする葵さんを見て思った。

今ここで『またすぐに会える』なんて気休めの言葉を言ったところで、葵さんの悲しみを払拭《ふっしょく》することはできない。葵さんを悲しませない方法があるとすれば一つだけ。

だったら今、それを伝えたい——。

「葵さん」

俺は葵さんの肩を掴《つか》み真《ま》っ直《す》ぐに瞳を見つめる。

「都内の大学に受かったら一緒に暮らそう」

「え……？」

思いもよらない一言だったんだろう。

葵さんは驚きに目を見開いた。

「夏休みに駅でお別れする前に、いつかまた一緒に暮らそうって話しただろ？　そのいつかは遠い未来の話じゃない――お互いに都内の大学に受かったら一緒に暮らそう」

そうすれば、もう二度と葵さんに悲しい想いをさせることはない。

「今度はさすがに両親から反対されるかもしれないけど説得するし、葵さんのお父さんやおばあちゃんにも俺が頭を下げに行くよ。だから、それを目標に二人で頑張ろう」

「うん……嬉しい」

葵さんの瞳から涙がとまり、笑顔が戻った時だった。

俺たちが別れを済ませるのを待ってくれていたかのように新幹線がホームに到着する。

「じゃあ、行くね」

「ああ。またな」

こうして俺は遠くない未来の約束をして葵さんを見送る。

今まで何度も繰り返してきた、俺と葵さんの出会いと別れ。

そんな日々にも、ようやく終わりが見えたような気がしていた。

あとがき

みなさん、こんにちは。柚本悠斗《ゆずもとはると》です。

六巻を読んでいただいた直後ですが、大切なお知らせがあります。

長らく続けてきた小説版ぼっちギャルですが、次巻が最終巻になります。

一巻の発売から二年以上にわたって描いてきた二人の物語も、ついに終わり。

こうして続けてこられたのも、ひとえに読者のみなさんが応援してくださったからに他なりません。感謝の想いは言葉だけでは語り尽くせませんが、本当にありがとうございます。

出会いと別れを繰り返してきた二人の恋物語。その終わり、辿り着く先——。

どうか最後まで見届けていただけると嬉しく思います。


前途の通り小説版は次巻で終わりますが、コミカライズ版は続きます。

コミカライズ版はコミックスが二巻まで発売中です。ウェブでも好評連載中なので、小説版が終わった後は、引き続きコミカライズ版を楽しんでもらえると嬉しいです。

また原案となったＹｏｕＴｕｂｅチャンネル『漫画エンジェルネコオカ』でも、六巻の発売に合わせて新作動画が公開中ですので、あわせて視聴していただくとよいかなと思います。

引き続き『ぼっちギャルシリーズ』の応援を、よろしくお願いします。


最後に、いつもの通り関係各位への謝辞です。

引き続き小説のイラストをご担当いただいているｍａｇａｋｏ様。

いつも似たような言葉で恐縮ですが、今巻も素敵なイラストをありがとうございました。

あとがきを書きながら、久しぶりに一巻から順番にイラストを拝見してみたのですが、作中でも葵の変化がイラストにも現れているように思えて感慨深い気持ちになりました。

最終巻も二人の物語を美しく彩っていただけますと幸いです。


その他、漫画エンジェルネコオカにて漫画動画をご担当いただいているあさぎ屋様。

小説化にご協力をいただいている漫画エンジェルネコオカ関係者の皆様。

いつもお世話になっている担当氏、編集部の皆様。先輩作家の皆様。

手に取ってくださった読者のみなさん、ありがとうございます。


また最終巻でお会いできれば幸いです。

クラスのぼっちギャルをお持ち帰りして清楚系美人にしてやった話

巻末オマケ漫画
待ち時間の過ごし方
うん、
いい感じに撮れてる
後ろ姿も撮ってもらって良い？
帯可愛いからおばあちゃんに見せたくて
もちろん
カシャ
カシャ
カシャ
カシャ
アキラくん連写しすぎ(笑)
意外とアングル難しくて…
あとで良いやつ送るね
うん
写真も撮ったし、お参りして―
って、うわ
？

すごい人…
結構待ちそうだね
うん
ザワ
ザワ
ザワ
せっかくの修学旅行デートなのに並んでばっかだなぁ
ま、しょうがないか
………
！
スッ
あのね…
いっぱい色んなところに行くのも楽しみだけど
こうして並んでるだけの時間も楽しいの
アキラくんと一緒だから

そっか…
あ、そうだ 待ってる間に さっきの写真 見る？
うん！
たくさん撮ったから選んで…
………
……アキラくん
なんかうなじばっかり撮ってない？
…えっと
そんなことないよ 帯もちゃんと
でも うなじの方が多いよね？
………

じと一
アキラくん？
この写真どうするつもりだったの？
いやぁ…
…その
決して変なことに使ったりは…
変なことって何？
待ち時間はみっちりアオイさんに怒られて過ごした

ぼっちギャル６巻発売　おめでとうございます！

ふたりの甘々デート回、最高でした！
そしてもっとイチャイチャしてるとこが見たい！ってなりました！
これからもふたりを応援していきます！

キャラクター原案・漫画◆あさぎ屋

「ここから始まったんだよな」

「……私、家がないの」

「行く当てがないならさ、しばらくうちで暮らさないか？」

「それはもう運命以上に奇跡だと思う」

「この気持ちが恋なのか依存なのか、もうわからないの……」

「きっとまた、会えるよね？」

「……きれいだね」

「この関係だけは諦めたくないって思った」

「私も晃君のことが好き」

ファンレター、作品の
ご感想をお待ちしています

〈あて先〉

〒106－0032
東京都港区六本木2－4－5
SBクリエイティブ（株）
GA文庫編集部 気付
「柚本悠斗先生」係
「magako先生」係
「あさぎ屋先生」係

本書に関するご意見・ご感想は
右のQRコードよりお寄せください。

※アクセスの際や登録時に発生する通信費等はご負担ください。

https://ga.sbcr.jp/

クラスのぼっちギャルをお持《も》ち帰《かえ》りして清《せい》楚《そ》系《けい》美《び》人《じん》にしてやった話《はなし》 6

発　行　　2023年11月30日　初版第一刷発行

著　者　　柚本悠斗
発行人　　小川　淳

発行所　　SBクリエイティブ株式会社
〒106－0032
東京都港区六本木2－4－5
電話　03－5549－1201
03－5549－1167（編集）

装　丁　　AFTERGLOW

印刷・製本　中央精版印刷株式会社

ISBN978-4-8156-2107-0

Printed in Japan　　GA文庫

第16回 GA文庫大賞
GA文庫では10代～20代のライトノベル読者に向けた
魅力溢れるエンターテインメント作品を募集します！
物語が、華ひらく。
イラスト／風花風花
大賞賞金300万円＋コミカライズ確約！
◆募集内容◆
広義のエンターテインメント小説（ファンタジー、ラブコメ、学園など）で、日本語で書かれた未発表のオリジナル作品を募集します。希望者全員に評価シートを送付します。
※入賞作は当社にて刊行いたします　詳しくは募集要項をご確認下さい
リニューアルで選考課程を一新!!!
応募の詳細はGA文庫公式ホームページにて
https://ga.sbcr.jp/